Georg Theodor Strobel

Leben und Schriften Simonis Lemnii

Georg Theodor Strobel

Leben und Schriften Simonis Lemnii

ISBN/EAN: 9783743640016

Hergestellt in Europa, USA, Kanada, Australien, Japan

Cover: Foto ©Raphael Reischuk / pixelio.de

Weitere Bücher finden Sie auf **www.hansebooks.com**

Leben und Schriften
Simonis Lemnii.

Worin besonders)

von

seinen berüchtigten Epigrammen

hinlängliche Nachricht

ertheilet wird

von

Georg Theodor Strobel,
Pastor in Wöhrd.

Nürnberg und Altdorf
bey Monath und Kußler 1792.

Wenn gleich Kappe, Leſſing, Rieberer und andere vieles zur nähern Kenntnis des Lebens, und beſonders der Schriften Lemnii geliefert haben, ſo waren es doch nur Bruchſtücke und einzelne Theile, die zwar allemal höchſt ſchätzbar bleiben, aber doch nichts ganzes, nichts vollſtändiges enthalten. Es blieb dieſen verdienten Männern noch manches verborgen, das ich erſt aus ihnen unbekannt gebliebenen Quellen, und aus näherer Bekanntſchaft mit den Briefen Luthers und Melanchthons zu finden das Glück hatte.

Hiedurch wurde ich in den Stand geſetzt, den Freunden der Litteratur eine bisher noch immer deſiderirte weitläuftigere Nachricht von dieſes unglücklichen Poeten Leben, und ſämtlichen Schriften, die immer ſeltener werden, zu ertheilen.

Ich

Ich selbst erkenne nur allzuwol, daß selbige, so sehr ich mir Mühe gab, etwas recht vollständiges zu liefern, doch das noch nicht ist, was sie seyn sollte, unterdessen gebe ich, was ich habe, und was vor mir noch niemand geleistet hat.

Hoffentlich wird mir niemand den Vorwurf machen, daß ich manches wiederum aufgedeckt, was Luthern und seiner Reformation nachtheilig seyn möchte. — Denn diese Befürchtung ist würklich so übertrieben, als ungegründet. Es ist ia das allgemeine Loos, daß auch grosse Männer Menschen bleiben, und die gute Sache, wie die durch Luthern bewürkte Reformation ist, verliert nichts von ihrem einmal entschiedenen grossen Werth, wenn gleich Luther seine Fehler und Schwächen hatte.

Nach-

Nachricht von dem Leben Lemnii.

Lemnius*) selbst zeigt uns sein Vaterland und sein Geburtsort dadurch an, daß er auf den Titeln seiner mehresten Schriften zu seinem Namen zu setzen pflegte: Emporicus Rhetus Canus. Das erstere, Emporicus, ein griechischer Name, nach der Gewohnheit des damaligen Zeitalters üblich, wofür er auch bisweilen das lateinische Wort: Mercatorius, gebrauchte, lehrt uns den Ort seiner Geburt, der Margadant, (Marchand) war; das andere Rhetus Canus zeigt, daß er aus dem Graubündterlande in der Schweitz, und besonders aus dem grauen Bunde, cano foedere, gebürtig gewesen. Manchmal wird er auch Monasteriensis, Oengadinus genennt, und dadurch das Münsterthal und Innthal angezeigt.

A 3 Wann

*) Das Porträt Lemnii befindet sich Parte III. Prosopographiae Pantaleonis p. 299 mit einem kurzen Leben von einigen wenigen Zeilen.

Wann er gebohren, kann ich nicht genau be-
stimmen; doch ungefehr zwischen den Jahren 1510
bis 1520. Eben so wenig lässet sich etwas gewis-
ses von seinen Eltern auffinden, die aber doch keine ganz geringen Leute können gewesen seyn, weil
sie ihn schon frühzeitig zur Erlernung der Studien
angehalten, und er nach seinem Vorgeben zu Wittenberg über 400 Goldgulden von seinem Vermö-
gen zugesetzt haben will. In seiner Apologie*)
p. 4. sagt er: ab antiquissimis et honestissimis deducitur auis genus meum. Und p. 66. Plures qua-
dringentis aureis in Academia Vitebergensi de pa-
trimonio consumsi. Welches freylich dem wider-
spricht, was Melanchthon**) von ihm schreibt:
Propter paupertatem eum aliquando adiuui. Doch
könnte es seyn, daß ihm bey seiner lockern Lebensart das Geld öfters gemangelt.

Er

---

*) Sie befindet sich in Herrn Prof. Hausens Pragma-
tischer Geschichte der Protestanten in Deutschland,
unter den Urkunden von S. 1—72. Dieser bin ich
bey dem Mangel anderer Quellen größtentheils, doch
nicht blindlings, gefolgt.

**) in Epistolis ad Camerar. p. 306.

Er muß ohne Zweifel schon in seinem Vaterland einen guten Grund in den Sprachen und
Wissenschaften gelegt haben, da er sich so bald als
einen fertigen Dichter und Kenner der lateinischen
Sprache ausgezeichnet hat.

Im Jahr 1533 finde ich ihn auf der Akademie Ingolstadt, das bisher ganz unbekannt war. —
Dieß ersehe ich aus Rotmars Annal. Ingolst. Acad.
wo er Blat 95 b. unter den inscribirten beim Jahr
1533 unter dem Rektorate Conrad, Grafens zu Ca-
siell, also eingezeichnet ist: Simon Lemnius, Poeta
tersissimus, graece et latine doctus, et acerrimus
Lutheromastyx. Dieser Zusatz muß aber natürlich
in spätern Zeiten von iemand beygeschrieben worden seyn, wozu die erst 1538 edirten Epigrammata
Veranlassung gegeben haben.

Aus einer in Herrn Denis Buchdruckerge-
schichte Wiens S. 373 vorkommenden Recension
von Virgilii Bucolicis c. scholiis Wolph. Anemoe-
cii, *) Viennae 1535. 8. scheint es, daß sich Lemnius
im

---

*) In Lemnii Epigrammen befindet sich eines de obi-
tu W. Anemoetii, worinn er unter andern schreibt:

im J. 1532, ehe er nach Ingolſtadt gieng, in Mün-
chen aufgehalten habe. Dieſer Ausgabe ſind nemlich 5 Diſticha von Lemnius zur Empfehlung derſelben beygefügt, und eine Elegie von Marcus Ta-
tius Alpinus, datirt Monachii pridie Cal. Sept.
1532. worin ſchon damals unſer Lemnius Athe-
ſaeae Gloria gentis genennt wird. Vermuthlich
hat er ſich ſchon damals als ein guter Dichter ausgezeichnet.

Sein Aufenthalt zu Ingolſtadt kann aber nicht
lange gedauert haben, und er muß, wo nicht ſchon
gegen das Ende des J. 1533, doch bald zu Anfang
des folgenden Jahrs nach Wittenberg gezogen ſeyn,
weil er nach ſeiner eigenen Ausſage 5 Jahre daſelbſt den Studien obgelegen iſt.

Hieher

Editus eſt noſter ſine de Volphange libellus,
    Nec de lectorem ſperat habere ſibi.
Gaudia quanta tibi noſter Volphange libellus
    Nunc faceret uiuo, ſed modo nempe jaces.
Impia Boiorum tellus, et numine laeuo
    Viſa tibi, tamen haec continet oſſa ſolo.
Fundé tuo lachrymas orbata parente iuuentus,
    Et reſonet planctu patria terra ſuo
Flebilibus Tatii plangas modo muſa camenis,
    Audiat et luctus Vindelis ora tuos.

Hieher kam er mit den besten Empfehlungen
·der berühmtesten Gelehrten des Oberdeutschlands
versehen, und gewann dadurch, so wie durch seine
Geschicklichkeit und gute Aufführung gar bald die
vorzügliche Liebe Melanchthons.*)

Dieser

*) In der Apologie rühmt er hin und wieder diese
Freundschaft Melanchthons. S. 19 sagt er: Nemo negare poterit, me semper apud Mel.
gratiosum fuisse, meque eum semper optimum
et patronum et maecenatem habuisse. Ego enim
tanta familiaritate et consuetudine ei coniun-
ctus fui, ut nullius unquam uiri tam doctissimi
et clarissimi maiorem et fauorem et beneuo-
lentiam erga me perspexerim: qui me cum
primum Vitebergam ueníssem, humanissime est
amplexus, et cum tot doctorum uirorum litteris essem adeo commendatus, ut vix unquam
alius, ipse mihi id est confessus, magnam esse
et laudem et gloriam a tam magnis uiris com-
mendari. Quare et me annos complures semper dilexit, et multis officiis me sibi demeruit,
id quod nemo dubitare potest, fuique Vitebergae iam per quingennium, et illius erga
me uoluntatem et amicitiam semper retinui.

Dieſer ſuchte daher, als er ſeine herrlichen Talente durch nähern Umgang mehr kennen lernte, ihm bey verſchiedenen Gelegenheiten zu einer Beförderung behülflich zu ſeyn, und ertheilte ihm zu dem Ende die rühmlichſten Empfehlungen.

So empfahl er ihn in einem Schreiben an den Rath zu Augſpurg, worinn er ſagt: Lemnium ab omni turpitudine uitae eſſe alienum, et ingenio et eruditione laudatiſſimum eſſe iuuenem. In einem andern Empfehlungsſchreiben an einen Amtmann in Bayern nennt er ihn ſo gar ueluti publicum graecae linguae in Academia Vitembergenſi Profeſſorem. (Siehe die Apologie p. 20.)

Auch unter den übrigen Profeſſoren zu Wittenberg, die ihn liebten und ſchätzten, waren Veit Amerbach, Lagus, Milich, Münſter, Joachim Rhätus, Schurf, Strob, und andere mehr. Von Stubioſis, die ſeine Freundſchaft und ſeinen Umgang ſuchten, und ihm das beſte Zeugnis ſeines Wolverhaltens ertheilen würden, führt er in ſeiner Apologie einen groſſen Katalogum an, worunter auch verſchiedene Grafen, Edelleute, und andere nachher ſehr berühmt gewordene Gelehrte ſich befinden.

Damals

Damals war in Wittenberg die gewiß rüh-
menswürdige Gewohnheit, daß man aus den be-
ſten und fleiſſigſten dort Studirenden einige wähl-
te, und ſelbigen, andern zur Nacheiferung, das
Magiſterium Philoſophiae unentgelblich ertheilte.
Welche Ehre auch unſerm Lemnius auf Empfehlung
Melanchthons zn Theil wurde. (Apologie p. 10.
und 16.)

Er gieng, als die Akademie der Peſt wegen im
J. 1535 nach Jena verlegt wurde, mit Melanchthon dahin, und da ſolche wieder aufhörte, mit
ihm wieder zurück nach Wittenberg, und gab verſchiedenen Studirenden daſelbſt Unterricht in der
griechiſchen Sprache, wodurch er ſich immer mehr
Achtung erwarb.

Seine vertrauteſten Freunde, mit welchen er
am meiſten umgieng, waren einige ſjunge Dichter,
wovon er Acontium, Arcturum, Phryſium, Aemi-
lium, und Johann Stigel nennt, von welchem letz-
tern er (Apologia p. 18) ſagt: Semper mecum ha-
bitauit Stigelius, meusque fuit intimus, et domeſti-
cus, cum quo eadem menſa, eodem lecto atque domo ſum uſus. Unter dieſe vertrauten Freunde gehört auch Georg Sabinus, von welchem Adami in
ſeinem Leben p. m. 225 ſagt: Nullus dies ab ex-
ercita-

ereitationibus oratoriis et poeticis uacuus erat.
Certabat ac commentabatur cúm aliis poetis, Acon-
tio, Stigelio, Ebnero, Lemnio, quorum nomina publicis fcriptis celebrata funt.

So löblich dieß bisher angeführte lautet, so
gibt Lemnius doch auch selbst nicht undeutlich zu erkennen, daß er zwar in den ersten Jahren seines
Aufenthalts zu Wittenberg sehr ordentlich gelebt,
und fleissig studirt habe, aber nachher sich manchen
vergnügten Tag gemacht, manchen lustigen Gesell-
schaften, Tänzen und Musikkränzen beygewohnt,
sich auch etlichemal, wiewol nothgedrungen, ge-
schlagen habe. Ich will ihn dieß mit seinen eigenen Worten (Apolog. p. 10.) erzählen lassen:
Cum ego hactenus quafi cochleae uitam degif-
fem, exiftimaui utilius fore, fi iam nonnihil li-
berius uiuerem et hominum familiaritati me in-
finuarem. Propterea quod timebam, ne diu-
tius ftudiis et exercitationibus ingenii et fcribendi labore aliquid detrimenti accideret.
Praefertim cum illud Amafis, regis Aegypti,
non ignorarem, qui, ut Herodotus meminit,
fertur fe apud populum ita excufaffe, cum ei

a plebe

a plebe obiicerentur conuiuia, et aſſiduae com-
meſſationes, arcus ubi nimium tenditur, facile
rumpitur. Itaque ego liberior iam eram inter
familiares, et inter muſicos interdum uerſari
deleᛘabar, interdum diᛘis et diſputationibus
contendere. Quod cum ego intelligerem, meae
naturae et ingenio conuenire, ſi ſaepius me con-
uiuiis et hominum familiaritate exhilararem,
cum uacabat, id eo ſaepius faciebam, praeſer-
tim cum interdum etiam honeſtiſſimi uiri, et
iuuenes ſtudiôſi ad id me inuitarent etc. etc.

Vermuthlich war Lemnii Abſicht, vóllig in
Wittenberg zu bleiben, und eine Profeſſion daſelbſt
zu bekommen. Und er würde auch ohne Zweifel
ſeines Wunſches theilhaftig worden ſeyn, da er einem ſolchen Poſten gänzlich gewachſen war, und
er unter den daſigen Lehrern viele Freunde und
Gönner hatte. Allein ſeine lockere Lebensart, und
noch mehr die berüchtigten Epigrammen, die er
1538 unbedachtſam ebirte, vereitelten nicht nur dieſe Wünſche, ſondern waren auch Urſache, daß er
Wittenberg verlaſſen muſte.

Verſchiedene Umſtände zeigen, daß Lemnius
ſelbſt ſich gar nicht träumen lies, daß dieſe Sinn-

gedichte

gebichte einen so gewaltigen Lermen erregen, und ihn znr Flucht nöthigen würden.

Er trug daher gar kein Bedenken, sich auf dem Titel ausdrücklich als Verfasser zu nennen. Man verheelte überdieß weder den Ort des Drucks, Wittenberg, noch den Buchdrucker, Nicolaus Schirlenz. Hätte Lemnius nur in etwas zum voraus vermuthet, daß ihn diese Gedichte so kränkenden Unannehmlichkeiten aussetzen würden, so hätte er ja solche ohne seinen Namen, und ohne Benennung des Orts und des Druckers, ediren können; oder er hätte, wenn er die Absicht gehabt, in denselbigen einige auf grob beleidigende Weise an ihrer Ehre zu kränken, nur Wittenberg verlassen, sich nach Dresden oder Leipzig begeben, und sie daselbst drucken lassen dürfen, so wäre er dadurch allen Verfolgungen auf einmal entgangen. Allein dieß that er nicht, glaubte aber auch nicht, Ursache dazu zu haben. Er spricht daher: (Apol. p. 58.) Neque ego in id scripseram, ut mihi postea esset fugiendum. Nam si ita sensissem, Lipsiae potius imprimenda mea epigrammata curassem, aut meas res omnes prius dimisissem, quas mihi isti calumniatores per nefas interceperunt.

Lemnius

Lemnius machte gar kein Geheimniß daraus,
daß er etwas drucken liefe. Er gieng täglich, nicht
bey Nacht, sondern bey Tag, in die Druckerey, weil
er nicht glaubte, etwas unrechts oder verbottenes
drucken zu laffen. Jederman sahe ihn, so oft er aus
den Vorlesungen Melanchthons kam, ungescheut
zu Schirlenz gehen, der neben dem Collegio wohn-
te. Aus diesem öftern Besuch der Druckerey schloß
auch iedermann, daß er etwas drucken laffen würde, und man sprach schon allgemein in der ganzen
Stadt, daß er zum Lob des Erzbischofs zu Mainz
etwas edire.

Der Druck war endlich fertig, und die Aus-
theilung der Epigrammen ward nicht verbotten.
Am Pfingstfest wurden sie daher vor der Kirchen-
thüre öffentlich feil gebotten. Erst nachdem über
50 Exemplare verkauft waren, lies Luther einen
und den andern zu sich kommen, und sagte ihnen,
daß sie in diesen Gedichten namentlich angezäpft
wären. Von diesen ward Carpophorus als ein Gei-
ßiger, der andere, Luft, als ein Schuldner, der dritte, Tyrolfus, als ein langer und grosser geschildert.

Ich will zur beffern Einsicht diese, so wie alle
andern Epigrammen, welche mehr als höchst beleidigend

digend angefehen worden find, hier abdrucken laf=
fen, weil doch Lemnii Epigrammata von der grö=
ßten Seltenheit, und deswegen in der wenigsten
Händen sind; auch zugleich Lemnii Vertheidigung
beyfügen.

In Carpophorum. *)

Quod domus e paruo tibi sit constructu fateris.

Cur igitur tanti uenditur illa tibi?

Quingentis constat, sed cur tu mille reuendis?

Pectora nempe aliquis quod tua daemon

habet.

Lemnii Entschuldigung oder Vertheidigung
dagegen ist (Apol. p. 33.) diese: Quod auarum
eum dixi, non sum mentitus, nam hoc idem
omnes in|urbe fatentur, et hoc idem ipse re et
uita arguit.

Ad

---

*) In dem ersten Band der scriptorum publ. pro-
pos. Viteb. p. 276 steht ein Leichenanschlag auf die
Frau des .Carpophori, worinn ihm dieß Lob erthei=
let wird : Sciunt omnes, eum fauere scholastico
ordini, nec rudem esse litterarum, et natura et
arte musicum esse, ac multos labores utiles
uniuersae ciuitati et academiae sustinere, et
ciuem esse modestum et beneficum. —

Ad Tyrolfum Lypſenſem.

Chriſtophori poſſes templis aequare figuram,

    Si Tyrolfe queas demere ſesquipedem.

Dieß will Lemnius als ein Lob angeſehen wiſſen:
cum Tyrolfi proceritas praecipue eſſet ſpecta-
bilis, eum contuli diuo Chriſtophoro, et cum
totum laudare non poſſem, partem laudaui.
Nunquid iſte potius propter ingratitudinem ac-
cuſari debeat, quippe qui eos accuſet, qui eum
laudant.

In Aërem.

Rugata toties relegis quod fronte tabellás,

    Et tua quod ſentit ianua ſaepe pedes,

 Quodque domi non es, latitas cum tum tamen

                    intus,

    Clauderis et thalamo turpiter ipſe tuo.

Nimirum uacui tibi quod ſint aere locelli,

    Millia quod centum non tribuiſſe potes.

Millia conſumis, dum tu ſponſalia natae

    Omnia corradens ſplendidus urbe facis.

Credidit hic centum, ſed millia credidit ille,

    Si potes et genero iam tria crede tuo.

B   Quam

Quam bene conueniens tibi uenit ab aere nomen.

　Aerius uacua sic potes esse domo.

Aer es, et uendis circum palatia fumos.

　Aera nunc uendis, post modo uentus eris.

Millia tu centum debes, sed soluere centum

　Non potes, at nummos aere soluc tuos.

Dieß Gedicht zielt auf den bekannten Buchdrucker, Johann Luft, worinn Lemnius mit aēr-
Luft, und aere Geld, spielet. Seine Antwort hierauf war diese (Apol. p. 35): Hoc epigramma
in Aerem luseram., proptcrea quod et ille me
esset calumniatus, et in illum publice Lutherus esset concionatus, eiusque dapsiles et sum-
tuosas nuptias reprehendisset. Cumque superbia et pompa reliquos antecelleret, et interim
etiam, quod dicitur, animam deberet, puta-
bam, in huiusmodi leuibus rebus Poetis plus
licere quam Theologis etc.

D. Zeltner, der Luftens Leben*) sehr weit-
läuftig beschrieben hat, wußte von diesem Umstand
nichts,

*) Der Titel hievon heißt: Kurzgefaßte Historie der
gedruckten Bibelversion und anderer Schriften D. M.
Luthers

nichts, sonst hätte er gewiß desselben gedacht. Ein neuer Beweiß von der Seltenheit dieser Epigrammen, da solche einem so grossen Litterator, als Zeltner war, unbekannt blieben.

Der Eidam Luftens, bey dessen Hochzeit mit seiner Tochter er so übertriebenen Staat und Aufwand machte, war Andreas Aurifaber, nachheriger Leibmedicus des Herzogs Albrechts in Preusen.

Zu diesen dreyen *) kam noch ein vierter, der sich seiner Schwester wegen beleidigt fand, auf welche folgendes Epigramm zielen sollte.

Ad

Luthers in der Beschreibung des Lebens und der Fatorum Hanns Luffts ꝛc. Nbg und Altd. 1727. 4.

*) Pag. 36. Apologiae suae sagt er abermals von den dreyen Epigrammen: Ea nemini aut honestatem aut honorem detrahunt. Si dixero, aliquem esse auarum, quod commune est uitium, nunquid ob id eum inhonestum esse dixi? Aut ego illum infamaui, quem longum esse scripsi et procerum? An honestatem ei detraxi, quem dixi multa debere? Deum immortalem, quam isti homines acuti uidere uolunt. Imo insani et furiosi.

B 2

Ad An. G. L.

Cur uites femper communia balnea, dicam,
Quod fis nigra fcio, quod fcabiofa puto.

Nomen non eft expreffum, erklärt sich
Lemnius: fed quoniam illius frater uoluit in eam
effe fcriptam, ego prohibere non potui, quafi
nulla effet nigra et fcabiofa praeter illam.

Diese vier beklagten sich nun sämtlich auf An-
hetzen Luthers bey Melanchthon, der damals
Rektor war. Allein Lemnius vertheidigte sich, so
gut er konnte, machte diese Anklagen lächerlich,
und Melanchthon ließ ihn ungestraft. Purgaui
me (spricht er Apol. p. 28.) fumque iocis iftam
ridiculam accufationem apud Rectorem cauilla-
tus, quippe quod fciebam, me in meis carminibus nemini aut bonam famam, aut honefta-
tem detraxiffe.

Da dieß nichts fruchtete, und Melanchthon
hierinn nicht so streng verfahren wollte, als es
Luther gern gesehen hätte, so brachte es dieser doch
dahin, daß die noch übrigen vorhandenen Exemplare aus der Druckerey weggenommen, und der
Drucker ins Gefängnis gelegt wurde. Hievon
schreibt Lemnius in seiner Querela ad Principem:

Triftia

Triſtia chalcographi quis credat uincula collo
Iniiciunt, iuſtus quamlibet ille fuit.

Tota domus plorat, puerique in limite flentes
Haerent ad capti crura pedesque patris.

Dieß nemliche beſtättiget auch Johann Aurifaber, der in ſeiner Antwort auff die Leſterſchrifft
Chr. Walthers von wegen des erſten Eisleb. To-
mi (Eisleb. 1565. 4.) Bogen E1 b alſo ſchreibt:
Vorzeiten da ich ein Student zu Wittemberg war,
hette man ſolch leſtern nicht gelibben. Denn als
M. Simon Lemnius ein Poet daſelbſt nur Epigrammata im Druck ausgehen ließ, Stichling vnd vn-
mütze Karten auff etliche Manns vnd Weibsper-
ſonen auswarffe, da gedenke ich, das der Churf. zu
Sachſen Hertzog Joh. Friedrich Hochl. Ged. die
Vniverſitet vnd der Rat zu Wittemberg ſolchen
freuelichen Mutwillen ernſtlich ſtrafen wolten, vnd
der Autor in gefähr ſeines leibes vnd lebens kam,
vnd entlaufen muſte. Der Buchdrucker Schirlentz
auch daruͤber in ſchwere gefengnis geriete.

Zu dieſem Verfahren trug am meiſten bey,
daß Luther ſich alle Muͤhe gegeben haben ſoll, verſchiedene angeſehne Maͤnner zu bereden, daß ſie in
dieſen Gedichten ſehr grob mitgenommen, und an

ihrer

ihrer Ehre sehr gekränkt worden wären. Durch
Unterstützung und Mitwirkung dieser Personen
ward es nun dem Luther um so viel leichter, dem
Poeten näher zu Leib gehen zu können.

Der eine von diesen war der Kanzler Brük
oder Pontanus. Auf diesen soll folgendes Epi
gramm zielen:

In Rabulam.

Bellus agis caufas, et fundis uerba difertus.

    Horis ipfe potes dicere et illa tribus.

Et tribus ipfe nouem uoces juix diceris horis

    Perfeciffe, potes dicere nempe diu.

Cumque diu dicis, tum nil dixiffe uideris.

    Dicis in ore ftatim, quicquid habere potes.

Hac quoque, qua loqueris, poteras ratione tacere.

    Dum nil eft, quod tu dicere nempe foles.

Lemnii Verantwortung hierauf in seiner Apol.
p. 37 lautet also: Hoc carmen ego in adolo-
fcentem quendam fcripferam, qui uix triduum
in iure collocauerat, et tamen tantae erat im-
pudentiae, ut arrogaret fibi Iuris cognitionem,
et iactitaret, fe caufas agere poffe, et dicen-
do uel tres horas continuare.

                              Der

Der andere war der damalige Commendant in Wittenberg, der Hanns von Metſch hieß. Das Epigramm auf ihn iſt dieſes:

In Thraſonem.

Cum uis eſſe ferox, plenos bibis ipſe culullos*)
Et niſi tu biberis non potes eſſe ferox.
Tum bene congrederis, ſed nil tu ſobrius audes,
Eſt animus potis ipſe puſillus aquis.
Si quis magnanimus fuerit, ſi potet et undas,
Attamen eſt poto fortior ille uiro.
Tu non es fortis, niſi ſic bene potus, et unum
Sis contra ſeptus quattuor ipſe uiris.
Haec tum magno animo credis te bella parare,
Corpore ſis magnus, corde puſillus homo es.

Dieß will Lemnius auch nicht auf den Praefeɥum Vitebergenſem,**) ſondern in ſuperbum

---

*) Herr Prof. Hauſen hat in der Apologie die er voll Fehler abdrucken laſſen, S. 39 hier ſtatt *culullos* catullos.

**) Dieſer von Metſch wird von Caſp. Ulenberg in ſei-
nem ſehr ſeltenen Buch: Hiſtoria de uita, mo-
ribus, rebus geſtis etc. Praedicantium Luthe-

ranorum

bùm quendam iuucnem gemacht haben, qui potus omnes uulnerare, in omnes faeuire uolebat.
Cum uero aquam biberet, nec effet ebrius, tum
neminem aggredi audebat, nifi cum multis iret
comitatus, tum quidem contra eos omnes, qui
forte obuiam uenirent, contendebat, et tumultus excitabat.

Doch

ranorum, Lutheri, Melancht. Flacii et al. (Co-
lon. 1622 8) P. I. p. 5ُ3 von einer fehr fchlim-
men Seite alfo gefchildert: Erat homo furus
fcortator infignis, uagae libidinis, aliorumque
delictorum infamia notatus. Hunc Lutherus
admonuit - ut ageret poenitentiam, addidit
minùs de cenfuris ecclef. nifi daret admoni-
tioni locum. Ille territus nonnihil, ut qui
Lutheri genium et impotentiam probe noue-
rat, adiit e miniftris Ecclefiae quendam paulo
fimpliciorem M. Frofchelium, ab eoque criminibus abfolutus fuit, et ad communionem
admiffus. Id factum eft anno 1538. menfe
Nouembri. Man vergleiche hiemit den erften
Band der von Rebenftock edirten lat. Colloqu.
Lutheri f. 15, 16.

Doch hat Lemnius nachher in der zweiten Auflage im britten Buche ein anderes beleidigendes Epigramm dieses kurzen Innhalts auf ihn verfertigt:

In Thrasonem.

Leucorius praefes uult noftris effe libellis

Thrafo, fed hic potius debuit effe Gnatho.

Auffer diesen sind noch einige andere Sinngedichte auf gewisse Personen gedeutet worden, welche dem Lemnius vielen Verdruß verursachten, wovon ich nur noch einige anführen will. Z. E. eines mit der Aufschrift:

Ad Empedoclem.

Ne tibi difcipulus dominae fit forte magifter,

Si potes hoc prudens ipfe cauere, caue.

Tu foris aftra uides, intus uidet ille maritam:

Res agis, uxoris res agit ille tuae.

Mit diesem soll Lemnius auf den dafigen Professor der Mathematik und Aftronomie, Erasmus Reinholt von Saalfeld, gezielt haben. Seine Entschuldigung hierüber lautet (in Apolog. p. 43.) also: Nemo Vitebergae hoc nomine dicebatur, fcripferam enim ad Empedoclem, id quod Erafmus

B 5

magi-

magifter quidam Viteb. in fe fcriptum effe'pu-
tabat, cum tamen illi Empedoclis nomen non
effet, quafi nemo ibi aftra fpeƐtaret, nifi ille,
quafi nullus ad ulteram uxorem nifi ille haberet. Si dixi aliquem Empedoclis uxoris res agere,
et ille ftatim me accufet, quafi ipfe fit Empe-
docles, nunquid ego eum, an ipfe fe ipfum
infamauit.

Vielleicht ift es der nemliche, auf welchen das
gleich zunächft darauf folgende Epigramm zielt:

Ad Argyrologum.

Et folus numeras corrafa numifinata menfis,
    Solus et haec mittis mutuo' Principibus.
Vinaque folus habes, et opimae fercula menfae,
    Solus habes peƐtus, folus et ingenium.
Solus habes magnas e faxo fplendidus aedes,
    Difcipulos multos folus habere potes.
Haec tu folus habes, unum non folus habebis,
    Nempe quod uxorem non quoque folus
                habes.

Ad Chryfeida.

Quam bene cognomen flauo tibi uenit ab auro,
    Par tibi cum forma nomen habere potes..
                            Aurea

Aurea forma tibi nitido fed gratior auro,

    Aurum non poterat forma, quod ifta poteft.

Ad A. A.

Nomen habes auri, cum fis formofior auro,

    Nobilis es forma, nobile corpus habes.

Ifta foret flauo multis quoque gratior auro,

    Scilicet Aenios ifta deceret aquas.

Si tam mente fores, quam forma pulchra uideris,

    Pulchrior in terris nulla puella foret.

Diefe beeben follen auf die Frau des Matthäi Aurogalli, Profeſſors der hebräiſchen Sprache in Wittenberg zielen.

Auf ein anderes Wittenbergiſches Frauen-
zimmer mag folgendes gehen.

In An. C.

Quod tibi de collo caelata numifmata pendent,

    Tot quoque amatores dicis habere tui.

Credo magis, quod fint tibi grata numifmata

               cunƐtis,

    His das ore libens ofcula nempe tuo.

Ofcula das nulli, nifi et ille numifmata donet,

    Nunquid amatoris diligis ara tui.

                           Secula

Secula dicantur nunc ista numismatis esse,

Dum quis habet nummos, semper amatus erit,

Da nun verschiedene dieser Personen, die in diesen Gedichten angezäpft zu seyn glaubten, bey dem Rektor aufs neue klagten, so erhielt Lemnius von Melanchthon den Befehl, alle Exemplare von den Epigrammen, die er habe, auszuliefern, sich selbst von Wittenberg nicht zu entfernen, noch weniger etwas von seiner Bibliothek und seinem Hausrath wegzuschaffen.

So kränkend schon dem Lemnius dieser ihm im Namen des Rectors angekündigte Arrest war, je weniger er ihn vermuthete, und je unschuldiger er sich noch immer hielte, so wurde doch bald hierauf seine Sache noch weit kritischer und gefährlicher, als man endlich in seinen Epigrammen so gar eines anzutreffen glaubte, worinn er selbst den Churfürsten zu Sachsen, Johann Friedrich, an seiner Ehre angegriffen haben soll. Es ist folgenden Innhalts:

In Mydam.

Extent marmoreis tibi splendida tecta columnis.

Et tibi uel Venetas arca recondat opes.

Aurifer et nitidis tibi seruiat Albis arenis,

Seruiat et culti plurima gleba soli.

Multa-

Multaque florentes pascant armenta per agros,

Tondeat et teneros rustica uilla greges.

Es tamen indoctus, rides? es rusticus idem.

Id quod es, e uulgo quilibet esse potest.

Lemnii Antwort hierauf (Apol. p. 56.) war diese:
Scripsi hoc epigramma in diuitem et in illite-
ratum. Sunt uero multi in Saxonia, qui ad
Albim habitant, qui aedes marmoreis columnis
ornatas habent, et qui spatia longiſſima ad Albim aliis ingenti pecunia collocant, in quibus
aurum colligitur, et ex Albiacis arenis, ut dicitur, lauatur. Talem ego intellexi, nam ego
nequaquam in Ducem Sax. hoc carmen scripsi.
Itaque mihi insignem faciunt iniuriam.

Für eben so beleidigend wurde folgende Stelle, welche in einem Lobgedicht auf den Erzbischof
Albrecht befindlich iſt, angesehen:

Hanc (nemlich pacem) tu conseruas toties sine

clade popelli.

Aſt aliis rubuit sanguinolenta manus.

Empta tibi pax eſt, aliis sed uenditur auro,

Quamuis sis populo non minor ipse tuo.

Hierin

Hierin zielt er freilich auf den gebroheten Kriegsüberzug des Landgrafen Philipps wegen des erdichteten Packischen Bündnisses, worinn er zwar die Wahrheit schrieb, die man aber ungern hörte.

Diese Umstände zusammen genommen machten nun selbst seine Freunde und Anhänger, die er unter den Studiosis, und selbst unter den Professoren hatte, und die ihm anfangs die Versicherung gaben, sich seiner kräftig anzunehmen, sehr kleinmüthig, und riethen ihm zur Flucht. Er sagt daher in seiner Querela unter andern:

Qui fueram quondam multis comitatus amicis,

 In mediis solus ipse relinquor aquis.

Me miserum fugiunt tendentem brachia palmis,

 Tempore sub duro uix duo fertis opem.

Lemnius, der sich lange weigerte, die Flucht zu ergreifen, muste endlich dem Ungestümm seiner Freunde, die gar wol wusten, wie äusserst aufgebracht Luther über ihn war, wider seinen Willen nachgeben, und Wittenberg heimlich verlassen. Wegen dieser Flucht kam so gar Melanchthon [*)]

in

[*)] Apolog. p. 20. Vnde et ipse (Mel.) propter eius tantam iustitiam erga me innocentem apud

iftos

in Verdacht, als ob er ihm dazu behülflich gewesen, oder wenigstens dazu gerathen hätte.

So bald seine Flucht bekannt worden war,
wurde er durch einen akademischen Anschlag den
11 Junius öffentlich citirt, sich innerhalb 8 Tagen
vor dem Senat zu stellen, sich zu verantworten und
seinen Sentenz anzuhören. Da er am bestimmten
Tag nicht erschien, so wurde er zum zweitenmal
durch einen an der Kirchenthür angeschlagenen Zet-
tel vom 23 Junius abermals vorgeladen, entweder
selbst zu erscheinen, oder durch einen Anwald sich
vertretten zu lassen, und hiezu der dritte Julius
beschieden.

Allein auch diese Citation blieb fruchtlos, und
Lemnius blieb auffen.

Man faßte daher den Entschluß, ihm, als einem Meineidigen, die Relegation zuzuerkennen, die
auch den 4 Julius vollzogen wurde.

Den

istos calumniatores in suspicionem uenit, tanquam ego eius auxilio sim elapsus. Verum
ille unus intellexit, quanta mea sit innocen-
tia, quanta sit istorum calumniatorum iniustitia erga innocentem.

Den Vorwurf eines Meineidigen sucht er (Apol. p. 60.) dadurch von sich abzulehnen, daß er schreibt: An ego. periurus uideri debeam, si, diuinitus eorum iniusátiam effugi? An periurus igitur ero, quod ad iudicium, quod totum calumniis, odio, maleuolentia et mendaciis agitabatur, re- dire noluerim? Non est periurus, qui tyran- norum et calumniatorum iudicium uitat. Ne- que est necesse obedire illis, qui rem potius iniustitia, quam aequitate agunt. Neque est legitimus magistratus, qui atroces et notorias iniurias exercet. Si non est legitimus, ergo neque obedire oportet etc.

Diese Citationen nebst der Relegation hat Jo. Erh. Kapp im dritten Theil seiner Nachlese zur Ref. Gesch. S. 376 ꝛc. am ersten, wie er, aber unrecht vorgibt, durch den Druck öffentlich bekannt gemacht. Allein ich finde, daß sie bereits vor 200 Jahren in Melanchth. argum. et disposi. rhet. in eclogas Virgilli, edit. a Steph. Riccio, Leucopetrae 1565. 8. abgedruckt stehen, und zwar unter den ge- gen das Ende befindlichen Miscellaneis n. LX. LXI und

und LXII. die größtentheils akademische Anschlä-
ge *) enthalten.

Ich

*) So befindet sich daselbst Bogen a 2 einer, aber
ohne Anzeige des Jahrs, woraus man sieht, daß
zu Wittenberg öfters Satyren und Pasquille erschienen. Sie galten dießmal Frauenzimmern von
Torgau und einem Profeßor. Intelleximus, heißt
es, his proximis menfibus aliquoties propo-
fitos effe libellos famofos, et ut fingularis
petulantia authorum animaduerti poffet, uerfus fimiles fcripti funt de honeftiffimis matronis
et puellis Torgenfibus. Plane autem animi
morbum indicat, qui adeo delectatur hoc genere maledicentiae, ut etiam debachetur in
mulieres, quae litteras nefciunt, deinde quae
hic neminem laeferunt, poftremo quae fue-
runt hofpitae et interfuerunt fanctiffimis ce-
remoniis nuptiarum. — — Statim fecutum
eft fimile exemplum ac indignius etiam. In-
fulfi rythmi propofiti funt, in quibus unus
ex Profefforibus contumelia affectus, cuius et
excellens ingenium, et doctrinae uarietatem,
et fcribendi facilitatem et mores magnopere
probamus etc.

C

Ich laſſe ſolche hier abermals der Vollſtän=
digkeit der Geſchichte wegen abdrucken.

Die erſte Citation iſt folgenden Innhalts:

Rector Academiae Vitebergenſis.

Edidit Simon Lemnius maledicos uerſus
plenos mendaciorum et ueneni, in quibus partim eos, qui praeſunt, ſeditioſe et falſo cri-
minatur, partim alios afficit iniuria. Quare
publico areſto ei mandatum eſt, ne diſcederet, ſed ueniret poſtridie Pentecoſtes ad Senatum Academiae. Ille autem uiolata religione
iurisiurandi diſceſſit, nec uenit ad Rectorem
et caeteros conuocatos. Ideo decretum eſt,
ut rurſus publice ad iudices uocetur. Quare
nos ex officio citamus hunc ipſum Simonem
Lemnium his publicis litteris primo, ſecundo
et tertio, ac peremptorie, ut compareat pro-
ximo die XVIII. Iunii hora XII. coram nobis
Rectore Academiae Vitebergenſis et Aſſeſſori-
bus, ut res agatur, et ipſe audiat ſententiam
iudicum. Porro ſiue aderit, ſiue non aderit,
in cauſa procedetur, ut iuſtum eſt.

Vtinam

Vtinam ſtudioſi dent operam, ut Muſae ſeruiant gloriae Dei et utilitati publicae. Ideo enim impertit Deus hominibus litteras et artes. Sed qui tantum ad nocendum abutuntur inge‐ niis, hos agitant non Muſae ſed Erynnes. Ta‐ les odiſſe et deteſtari omnes boni debent. Datae Vitebergae die Iunii undecima, Anno MDXXXVIII.

Die zweite lautet alſo:

Editus eſt hic ante paucos dies libellus nomine Simonis Lemnii plenus maledicorum uerſuum, quibus multi omnium ordinum graui et intolerabili afficiuntur iniuria. Ideo ei pub‐ lico areſto per nos interdictum eſt, ne hinc diſcederet, priusquam cauſam apud Senatum Academiae dixiſſet. Sed ipſe uiolata religione iurisiurandi clam nobis hinc diſceſſit. Quare publice propoſito ad ualuas Eccleſiae parochia‐ lis edicto peremptorie a nobis citatus eſt, et ei conſtitutus terminus ueniendi in iudicium dies Iunii XVIII. ad dicendam cauſam uel per ſe, uel idoneum procuratorem ſufficienter inſtru‐

C 2   ctum

ctum, coram nobis Rectore Academiae Viteber-
genfis et noftris Affefforibus in templo arcis
adiecta hac comminatione, quodfi neglecturus
effet conftitutum terminum iudicii nec per fe,
uel procuratorem compareret, nos proceffuros
in ea caufa, quantum de iure poffemus. Verum ipfe non dubitauit autoritatem noftram
contemnere, nec praefixo per citationem illi
termino iudicii comparuit, neque alium fuo loco
ad nos mifit. Itaque poftquam acceffit con-
tumacia, et delictum eft notorium, denuo te,
Simon Lemni, peremptorie ad audiendam fententiam his noftris litteris citamus; et tibi terminum peremptorium adfignamus diem Iulii
tertium proxime futurum poft diem editarum
harum litterarum, ut eo die hora XII pome-
ridiana in templum arcis huc mature uenias
ad audiendum et uidendum te relegari e no-
ftra Vniuerfitate uel ad dicendum caufas, quare id fieri non debeat, fciturus, quod contra
te ad fententiam proceffuri fumus, etiamfi ad
conftitutum terminum comparere in loco de-
ftinato

ſtinato neglexeris. In cuius teſtimonium prae-
ſentem hanc noſtram citationem ſigillo Vniuerſitatis Vitebergenſis, ut teſtata eſſet omnibus eius autoritas, conſignari fecimus. Anno
MDXXXVIII. die XXIII Iunii. Vitebergae.

Da beede fruchtlos blieben, und der Citirte
weber ſelbſt erſchien, noch durch einen Anwald ſich
verantwortete, ſo erfolgte endlich die Relegation
ſelbſt, die alſo lautet:

Rector Vniuerſitatis Scholae Vitebergenſis.

Edidit Simon Lemnius duos libellos Epigrammatum, ut uocat, plenos mendaciorum et
ueneni, in quibus omnium ordinum homines
iniuria et contumelia afficit. Cumque ei mandatum eſſet, ne diſcederet, quia poſtridie ad
iudices uocandus erat, ſpreta religione iurisiurandi fugere maluit, quam expectare iudicium.
Itaque poſtquam iterum publice citatus non
rediit, neque cuiquam dedit mandata de ſuo
negotio, ſententia aduerſus eum lata eſt, propter maledicos uerſus et deſertam areſtationem,
ut perpetua relegatione ex hac ſchola ſit eiectus.

C 3 　　　　　　　Hanc

Hanc noſtram ſententiam publice extare uolumus, ut omnes deteſtentur exempla perfidiae, periurii et maledicentiae. Nulla ullius officii ſocietas cum ullis periuris cuiquam bono eſſe debet, quia Deus haud dubie punit periuros, deinde ementitis conuitiis laedere bonorum famam ſcelus eſt, cuius autores legum uoce ſunt infames. Turpiter abutuntur litteris et poetica, qui uel petulantia uel animi morbo mendacia comminiſcuntur, qui hoc artificio riſus uulgi captant. Muſae ingenuitatem, ueritatem, iuſtitiam amant, et conferre ad utilitatem communem, et ad gloriam Dei debent. Et lepos magnum eſt ingenii et ſcripti decus, cum illo candido Mercurii ſale conſtat, non cum uenena inſperguntur. Non a Muſis, ſed a furiis agitantur, qui ſcurrilia et ementita conuitia dicunt in homines honeſtos, qualia paſſim in ſuo libello ſparſit Lemnius.

Propter has cauſas grauiſſimas dignus eſt Lemnius, quem omnes boni oderint et execrentur. Haec commemorata ſunt non ſolum,

ut

ut extet sententia de Lemnii scelere, sed etiam ut caeteri uehementius deteftentur periurium et maledicentiam. IV die Iulii A. MDXXXVIII.

Dieß Relegations = Patent gab dem Lemnius Veranlaſſung, ſeine heftige Apologie zu ſchreiben. Er konnte es aber nicht eher, als erſt im Merz 1539 erhalten. Melanchthon, der damals Rektor war, hat es ohne Zweifel gefertiget, allein Lemnius will wegen des heftigen Inhalts durchaus nicht den beſcheidenen Melanchthon, ſondern den Juſtus Jonas für den Verfaſſer halten, um deſto beſſer ſchmähen zu können. Huius edicti auctor, ſchreibt er, nequaquam Philippus Mel. extitit. Nam et ſtylus et oratio plane diſſimilis orationi Philippicae eſſe uidetur. Impetus et orationis motus concitatus, et aſper omnino arguit, Iuſtum Ionam decretum iſtud compoſuiſſe. Er wiederholt dieſe Vermuthung nachher noch weitläuftiger mit dieſen Worten: Ego nequaquam in eam opinionem induci poſſum, ut credam, iſtud calumnioſum famoſumque decretum a Ph. Mel. eſſe compoſitum, quod plenum eſt furore et mendaciis. Eſt enim ſtylus impetuoſus et con-

C 4   citatus,

citatus, planeque diſſimilis orationi Philippicae, quae plena eſt modeſtiae et moderationis, ac ueluti limpida aqua leui amne promanat, ita eius orationis filum placide et concinne deducitur. Quod uero nomine Rectoris eſt editum decretum, id quadam tyrannide et ui Lutheri et Iuſti Ionae eſt factum, quorum arbitrio, quod pro legibus habetur, tota ciuitas et academia regitur. Tametſi Philippus Rector et alii minus in hoc decretum conſenſerint, illi tamen pro imperio et tyrannide, quam nemine audente reclamare exercent, facile contra Lemnium, ſed iniuſtiſſime, publicarunt.

Faſt ſcheint es, als ob Lemnius ein anderes Relegationspatent vor Augen gehabt haben müſſe, deſſen Inhalt weit anzüglicher für ihn gelautet habe, weil er in ſeiner Apologie ſich darüber ſehr aufhält, quod mores ſuos et totam uitam reprehendant, ſibi contemtum religionis et Dei obiiciant, religionis et Dei contemtorem ſe clamitent etc. wovon in dem bekannten nichts ſtehet.

Er gibt auch vor, daß er ſelbiges erſt im Merz des folgenden Jahrs zu Geſicht bekommen habe, das

tas aber ſehr ſchwer zu glauben iſt, da er ſo viele
Freunde in Wittenberg hatte, die es ihm gewiß
nachgeſchickt haben; und daß es nicht in den Druck
gekommen wäre: Diu laboraui, donec ſcriptum
exemplar aſſecutus ſum, nam typis excuſum nunquam extabat. (Apol. p. 6.) Allein daß es würklich
öffentlich gedruckt worden ſey, aber nicht mehr a. 3
60 Exemplare, belehrt mich ein Brief eines Chriſtoph Walbuff an Stephan Roth, den ich, da er
kurz iſt, und noch andere hieher gehörige Umſtände
erläutert, aus den Unſch. Nachr. des J. 1732. S.
538 hier ganz beyſeße: Iam dudum te litteras le-
giſſe ſcio ſcriptas a Doctore Martino in Lemnium. An uero huius epigrammata in manus
tuas peruenerint, ualde dubito. Nam pauciſſi-
mi hic etiam ſunt, ea qui habent. Itaque cum
nuper ea nactus eſſem a Burchardo Schenck,
putaui me tibi rem gratiſſimam facturum, ſi tibi
mitterem. Mitto igitur additis quibusdam epi-
grammatis illorum nominibus, in quos noſtri
ſcripta eſſe arbitrantur.

Mitto etiam litteras, quibus Lemnius cita-
tur; praeterea decretum de illius relegatione,

cuius fexaginta exempla fûnt excufa, nondum
tamen edita, nec ullum cuiquam ftudioforum
uidere contigit. Mihi tamen Vitus Creutzer
amicus meus clam defcribendum dedit etc. bene ualeWitebergae pridie Calend. Iulii. (1538.)

Leſſing,*) der Lemnium ganz zu vertheidigen
ſucht, ſchreibt S. 35 folgendes, das einige offenba-
re Unrichtigkeiten in ſich hält. „Man verfuhr in
dieſem Proceſſe tumultuariſch. Lemnius wird nicht,
wie gewöhnlich zu drey verſchiedenen malen, ſondern gleich auf das erſtemal peremptorie citirt, und
der Termin, den man ihm ſetzt, ſind acht Tage.
Dieſer Umſtand ſollte ich meinen verräth mehr eine
Luſt zu verdammen, als zu verhören. Lemnius erſchien, wie man leicht denken kan, nicht, und warb
alſo öffentlich contumacirt, und ſeine Relegation
warb auf den achten Tag darnach als den britten
Julius feſtgeſetzt. In dem Anſchlag, in welchem
man ihn contumacirt, wird geſagt, man habe ihn
in der Citation frey geſtellt, entweder ſelbſt, oder
durch einen Bevollmächtigten zu erſcheinen, allein
dies iſt falſch. Er wurde ausdrücklich in eigner
Perſon

---

*) Siehe deſſen Schriften, Berlin, 1753. 12. Zwei-
ter Theil.

Perſon vorgeladen, und es iſt beſonders, daß man
ſich auch nicht einmal ſo viel Zeit genommen hat,
dieſe Kleinigkeit nachzuſehen. „

Wie kann man aber ſagen, daß Lemnius gleich
in 8 Tagen contumacirt ward? Von der erſten Citation vom 11ten Junius bis auf die Relegation,
die den 4 Julius erfolgte, ſind ia würklich volle
23 Tage? Es ward ihm allerdings frey geſtellt, in
eigner Perſon, oder durch einen Bevollmächtigten zu
erſcheinen. In der zweiten Citation heiſt es ausdrücklich: ut uel per ſe, uel *idoneum procuratorem ſufficienter inſtructum* coram nobis com-
parcat — und nec ipſe comparuit, *neque alium
ſuo loco* ad nos miſit. Lemnius ſelbſt bekennt dieſes p. 59 in ſeiner Apologie: Praetendunt hanc
unam cauſam de excluſione, quod diſceſſerim
contra mandatum Rectoris, qui mihi praecepe-
rat, ut expectarem iudicium, quodque me *ter*
uocauerit, cumque ego non comparuiſſem, ſeſe
excluſionem eſſe executos.

Man konnte daher der Wahrheit gemäß in
der Relegation ſagen: Poſtquam iterum publice
citatus non rediit, *neque cuiquam dedit mandata* de ſuo negotio.

Ehe

Ehe die Relegation dem Lemnius zu Theil wurde, trat Luther am Fest Trinitatis, dieß war damals der 16te Junius, auf die Kanzel, und las nach der Predigt folgendes Decret*) ab, das allemal ein trauriges Monument von Luthers gränzenloser Hitze und übertriebenem Eifer bleibt. Es lautet also:

Doctor Martinus Luther allen Brüdern und Schwestern unser Kirchen alhie zu Wittemberg, Gnad und Fried inn Christo unserm lieben Herra und Heiland, Es hat itzt nehest am vergangnem Pfingstag, ein ehrloser bube, M. Simon Lemnius genant, etlich Epigrammata, hinder wissen und willen, dere, so es befohlen ist zu urteilen, ausgehen lassen, Ein recht, ertz, schand, schmach und lügen buch, widder viel ehrliche, beide mans und weibs bilder dieser Stad und Kirchen wol bekand, dadurch er nach allen rechten (wo der flüchtige bube bekomen were) billich den kopff verloren hette, Damit nu ich, als der, abwesens unsers lieben Herrn Pfarherrs, Doctor Johan Pomers (denn ers auch on zweiuel nicht
leiden

*) Es ist in Folio patenti, auch in 8 gedruckt, und befindet sich auch in 14ten Theil der Werke Lutheri, nach der Walchischen Ausgabe S. 1334 mit dieser Auffschrift: D. M. Luthers erste Schrift wider M. Sim. Lemnii Epigrammata, An. 1538.

leiden würde, wie wir alle wol wiſſen) dieweil mus
lückenbüſſer vnd vnter Pfarherr ſein, ſolche leſterliche,
bübiſche ſchalckheit, auff mir nicht laſſe bleiben, denn
ich on das mit eigenen ſünden allzu hoch beſchwert,
das mirs nicht zu leiden iſt, viel frembder ſünden
(ſonderlich, ſolcher ſchendlichen buben, die von vns gar
viel beſſers teglich lernen vnd ſehen, doch zu lohn ſöl-
che ſchendliche vndanckbarkeit erzeigen) auff mich zu la-
den,. So bitte vnd vermane ich alle frome vnd rechte
Chriſten, die mit vns, gleichen glauben vnd lere haben
vnd lieben, das ſie ſolche leſter Poeterey von ſich thun,
vnd verbrennen wollen, zu ehren vnſerm heiligen Euan-
gelio, Auff das vnſer widerſacher nicht zu rhümen haben,
wie ſie geneiget ſind von vns jnn frembde nation zu ſchreiben, das wir keine laſter ſtraffen, ob ſie gleich wol wiſſen, das wirs herter ſtraffen, denn ſie jnn irem regi-
ment thun, ſonderlich wo ſie jre geiſtliche keuſche hei-
ligkeit, wolten auff die rechelinien legen.

Zu dem, weil der ſelbige ſchand Poetaſter, den
leidigen Stadſchreiber zu Halle (mit verlaub zu reden)
Biſchopff Albrecht lobet, vnd einen heiligen aus dem
Teuffel machet, iſt mirs nicht zu leiden, das ſolchs
offentlich vnd durch den Druck geſchehe jnn dieſer Kirche, Schule vnd Stad, Weil derſelbige Scheisbiſchoff,
ein falſcher, verlogener man iſt, vnd doch vns pflegt

zu

zu nennen, die Lutherischen buben, wie wol er von Sanct
Moriß vnd Sanct Stephan, die rechten heubt buben
stücke hören wird, an jenem tage, wie er wol weis,
aber sich tröstet, das er solchs nicht glaubet, Vnd ich,
so mir Gott leben vnd zeit gibt, solch schön exempel,
an tag geben wil.

Vnd bitte abermal alle die vnfern, vnd fonder‑
lich die Poeten, oder feine heuchler, wolten hinfurt,
den fchendlichen Schierpfaffen, offentlich nicht loben noch
rhümen, inn diefer Kirchen, Schule vnd Stad, Wo
nicht, fo mügen fie auch fampt irem herrn gewarten,
was ich dawider thun werde, Vnd wiffen, das ichs nicht
leiden will, das man den von fich felbs verdampten,
heilofen Pfaffen, der vns alle gern tod hette, hie zu
Wittemberg lobe. Dauon bald weiter. M. D. XXXVIII.

Dieß Mandat verlaß Luther öffentlich in der
Kirche nach geendigter Predigt auf der Kanzel.
Auch in der Predigt felbft, er hielt fie am Feft der
Dreyeinigkeit, gedachte er des Schandpoeten Lem‑
nii. Etwas davon findet fich in den Tifchreden
Luthers,*) wovon ich einen kleinen Auszug geben
will.

Sehet

*) Der Hällifchen Ausgabe der Werke Luthers Th.
XXII. S. 1436 ꝛc.

Sehet doch, wie uns der Teufel allenthalben
zusetzt, denn wir sind das Ziel, auf welches alle
Pfeile gerichtet und geschossen werden; dieß müssen
wir gewohnen. Er hat ietzt solche Buben, und
sonderlich bey den Papisten, durch welche er uns
anficht und angreift. Das thut er dem Türken
nicht, den läst er wol zufrieden, aber weil wir
Christum predigen lauter und rein, so verfolgt er
uns, wie er nur kan, aufs allergeschwindeste und
härteste, wie ein brüllender Löwe. Darum werdet
nicht traurig, erschrecket nicht, bekümmert euch
nichts nicht. Denn Christus sagt Joh. 15. 19,20.
Wenn ihr von der Welt wäret ꝛc.

Ihr sehet, daß dieser Lecker (Lemnius) uns
verleumdet, alles Böse von uns sagt, und schreibt,
und dazu unsre Widersacher, die Bischöffe, lobet,
und heißt sie heilig, aber wir wollen es nicht ge=
statten, daß sie forthin in dieser Schule sollen ge=
lobt werden, denn sie trachten nach unserm Blut,
und sind uns bitterfeind. Die Bischöffe alle könn=
ten dem Deutschen Land sehr nützlich seyn und die=
nen, aber sie wollen nicht. Denn sie haben dem
Pabst geschworen, und einen Eid gethan. Und
wiewol sie bekennen, unsre Lehre sey recht, und
ihre verdammen, doch können und wollen sie nicht
leiden

leiben, darum, daß wirs mit ihrem Rath und aus
ihrem Befehl nicht angefangen haben. Werden
also solche Leute, wie sie Paulus heißt Tit. 3.
II. autocatacriti, die sich selbst verurtheilt haben.
Und ob sie wol die bösesten Buben sind, doch
wollen sie denen nicht folgen, die sie bessers leh=
ren. Und haben keine andere Ursache nicht, denn
daß wir arme, schwache und elende Leute sind,
sie aber groß, reich und mächtig sind.

Ihr wisset, daß Salomon sagt Sprüchw. 17.
15. Wer dem Gottlosen recht spricht, und den Ge=
rechten verdammt, die sind beide dem Herrn ein
Greuel. Wir sind darum hie, daß wir den Papi=
sten und Bösen widerstehen, und nicht für und für
stillschweigen sollen. Den Pabst soll man einen
Antichrist heissen, wers aber nicht thun will, der
ziehe von dannen gen R. und fahre mit ihm zum
Henker. Die weltlichen Fürsten und Herren sind
nicht also betrogen, wie die Bischöffe, welche dem
Pabst mit Eid und Pflicht verbunden sind. Wir
sollen sagen: Ihr seid verzweifelt böse Buben, und
Gottes Feinde. Da wir nun solches lehren und
sagen, und gleichwol hie leiden, die sie mit ihren
Versen und Schriften loben, was wird anders dar=
aus, denn daß sie sagen: Jetzund loben sie uns, bald
schelten

schelten und tadeln sie uns wieder. Also spotten sie unser aller.

Ich glaube wol, daß viele Kundschafter hie seyn; aber wir fragen nichts darnach. Höre uns, gefällt dirs, und siehe, das sind wir wol zufrieden. Daß sie uns aber wollen in das Maul schmeissen, und unsere Feinde hoch loben, und preisen, das wollen wir nicht leiden. Es ist genug, daß du hie unter uns bist, als ein Bube und Verräther. Du solst aber die Bischöffe mit öffentlichen Schriften und Büchern nicht loben, die uns mit dem Schwerdt nach dem Leben trachten, und wollen unsre Seele mit Lügen ermorden. Wer aber sie lobet, der hab ihm das zu Lohn, davon Salomon sagt, der Gottlose komme um, und gehe zu scheitern —— rc.

In eben diesen Tischreden S. 2230 heist es wieder: Gewißlich hat der Bischof von Maynz Lemnium, den schandgottlosen Poeten,*) gereizt
und

*) Auch noch lange hernach zeigt Luther seinen grossen Haß gegen Lemnius. In einer Vorrede zu Jo. Frederi Dialogus zu Ehren dem Ehestand wider Sebastian Frank, vom J. 1545. spricht er am Ende: Wer seine Schrift gern lieset, ist ja so from

D und

und angeſtift wider D. Gregorium Brücken (Pontanum) zu ſchreiben, daß er ihn den vortreflichſten
Rabulam und Zungendreſcher heißt. Denn meine
Perſon achtet der Biſchof nicht, weil er in der erſten Tafel der zehn Gebote Gottes erſtorben iſt;
aber vor D. Brücken fürchtet er ſich in der andern
Tafel. Darum iſt Lemnius darauf verhetzt, daß er
ihn ſo angreift, denn es iſt der Wahrheit ähnlich
und glaublich, ſeine, des Biſchofs Hofſchranzen
und Juriſten ſeyen des guten, frommen, alten Brü-
ckens ärgſte und gehäßigſte Feinde, die ihm mit ſolcher Invectiven und Läſterſchrift haben wollen wehe und übel thun. Ich will den D. Brück vexiren
mit dem Rabula.

Dieſer heftige und keineswegs zu entſchuldi-
gende Ausfall Luthers auf den Carbinal und Erzbiſchof Albrecht von Mainz machte gänz natürlich
überall

und redlich als dieſer Beelzebub Frank, oder der
Scheißpoet Lemchen, der auch eine ſolche Arshum-
mel geweſen iſt. Wer ihre Bücher mit Luſt und
Liebe leſen kan, der kan keinen gnädigen Gott
haben, ja auch ſein eigen Gewiſſen nicht zu frie-
den ſtellen, ob er wol einen und alle Teufel zu
gnädigen Herren hätte.

überall, nicht blos unter seinen Feinden, sondern
auch selbst unter seinen Freunden, grosses Aufse-
hen. Martin Frecht schreibt*) hievon an Heinrich
Bullinger: Ex Norimberga Scheda impreſſa ad
me hisce diebus uenit a D. Luthero, elapſo Pentecoſtes feſto ualuis adfixa, in qua ille ſeue-
riſſime reprehendit quendam**) Simonem Le-
micum (Lemnium) qui infamia quaedam Epigrammata Wittenbergae inſciis praeſidibus Scholae

*) In I. C. Fueslini Epp. ab Eccl. Helu. Re-
   formatoribus — p. 176.

**) Hieraus, dünckt mich, erhellet auch das unge-
   wiſſe jener Sage (in Häberlins Ἰσορευμσνοις de
   ſcholis latinis et Gymnaſio Vlmanorum §. XX.)
   daß Lemnius zu Ulm ein Schulamt bekleidet haben,
   aber gegen 1536 wegen Verdachts des Zwinglia-
   nismi wieder verabſchiedet worden seyn soll. Frecht,
   der damals Prediger zu Ulm gewesen war, würde
   dann Lemnium hier nicht blos quendam genennt
   haben. Auch schon die Jahre, in welchen er zu
   Ulm gewesen seyn soll, verrathen die Unrichtig-
   tigkeit dieses Vorgebens. Lemnius befand sich damals in Wittenberg.

lae et Eccleſiae edidit, in quibus bonorum ci-
uium et multorum famam laeſit, et Moguntinum Epiſcopum ad coelos usque euexit, h e.
ut Lutheri uerbis utar, ex Diabolo fecit tantum
non Deum. Hinc Lutherus occaſionem ſumſit
contra Epiſcopum Moguntinum, quem ἀποτο-
μως arguit. Nam hunc principio (principem)
uocat ſcribam Hallenſem, et uerbo ſit uenia
mendoſum (merdoſum) Epiſcopum, uirum falſum
et mendacem, cuius nequam faĉta D. Stephanus
et Mauritius tutelares Dii Epiſcopatuum Magde-
burgenſis et Halberſtadenſis propediem ſint Lutheri opera toti orbi expoſituri. Pollicetur
enim Lutherus, ſe huius merdoſi Pfaffii nequi-
tias (Lutheri uerbis utor) mundo breui mani-
feſtaturum. Iſta ſeueritas non eſt cuiusuis ſpi-
ritus, quae quo ſtomacho et aduerſariorum noſtrorum et amicorum etiam ſit accipienda, tu
facile pro tua prudentia iudicabis.

Wie äufferſt unwillig hierüber beſonders die
hohen Anverwandten des Erzbiſchofs, der Churfürſt
von Brandenburg, der Herzog in Preußen, die
Marg=

Marggrafen von Brandenburg, und selbst der Land-
graf von Hessen, gewesen sey, davon zeugen ihre
an den Churfürsten von Sachsen deswegen erlas-
sene Beschwerungsschreiben,*) worinn sie ihn er-
suchten, dem Luther ihr ernstlichstes Misfallen zu
erkennen zu geben, und ihm seine groben Schmähungen nachdrücklich zu verweisen.

Es fällt uns freilich in unsern Tagen ganz un-
begreiflich, daß Luther einen so grossen und mäch-
tigen Churfürsten nicht blos in schriftlichen Briefen an vertraute Freunde, sondern sogar in öffentlich gedruckten Schriften, mit den gröbsten und be-
leidigendsten Schmähungen ungestraft antasten durfte. Ich will hier doch nur einige derselben, wie ich
sie ohne viele Mühe auffinde, anführen. Der Erzbischof, Cardinal und Churfürst von Mainz heist
ihm: Epicurus Hallensis, Portentum Pharaonicum,
Moguntinus Satan, uas irae et perditionis, filius
maledictionis, organum Satanae, diabolissimus dia-
bolus. Höllischer Cardinal, Maynzisches Unthier,
verzweifelter Gottesfeind, und Lästerer böser
Schalk, unverschämter, böser Wurm, Betteltheo-
logus u. a. m.

Ein

*) Seckendorf in der Historie des Lutherthums S.
1703.

D 3

Ein solches Betragen kann freilich kein unbefangener entschuldigen, oder wol gar gut heissen. So groß die Verdienste Luthers sind und bleiben, so sind dieß Schwächen und Fehler, die wir nicht abläugnen, nur bemitleiden müssen. Melanchthon, der ihn gewiß verehrte, sagte von ihm: Fuit natura ardens et iracundus — Tuli saepius feruitutem poene deformem, cum saepe Lutherus magis suae naturae, in qua φιλονεικία erat non exigua, quam uel personae suae, uel utilitati communi seruiret.*)

Sehr schön und der Wahrheit gemäß ist daher das Urtheil Camerars im Leben Melanchthons p. m. 229. Qui uiros magnos et magna laude praestantes, si quid in eis uitiosum notetur, culpari putat, is nimis splendide de humana conditione sentit. Solius enim Dei est proprium, ut careat culpa, hominum uero natura hoc non fert. Erat M. Lutheri ingenium acre et sagax. Erat animus ingens et excelsus. Excellentes autem homines sicubi incurrunt, non

fieri

*) Im Leibner Band seiner Briefe p. 21.

fieri id fine quafi fragore quodam poteft. — Nonnulli in Lutheri dictis aut factis aliquid argui omnino pati nequeunt, et fi quis hoc facere audeat, eum ftatim impietatis reum declamitando peragunt — Qui eius autoritatem et nomen ita celebrant, ut fupra conditionem et modum generis humani non dubitent extollere, iis uidendum, ne praeftantiffimi atque fummi uiri bonam exiftimationem tribuendo nimium diminuere, et fuae audaciae ab illa excellentia praefidium quaerere, hoftibus uero et aduerfariis nobis ridendi uel infultandi nobis praebere uideantur.

Doch wir wollen einige Urfachen anzeigen, die wahrfcheinlich etwas dazu beygetragen haben mögen, daß Luther fo gar arg gegen den Erzbifchof verfuhr. Ganz gewiß wufte er, daß felbft fein Herr, der Churfürft von Sachfen, der wegen der öftern Diffidien, wozu Erfurt, Magdeburg und Halle Anlaß gab, mit ihm nicht im beften Vernehmen ftande, es nicht ungern fahe, daß er ihn fo übel behandelte. Aus der Urfache fuchte er eben auch nicht, ihn mit Ernft davon abzuhalten, wenn er ihm

gleich)

gleich manchmal zum Schein durch seinen Hofpre-
diger Spalatin oder Kanzler Brück mehrere Mäs-
sigung in seinen Ausfällen empfehlen ließ.

Luther glaubte aber auch in diesem Erzbischof,
an dem ihm auch schon der Titel Cardinal höchst
ärgerlich war, so wie in König Heinrich von Eng-
land, in Herzog Georg von Sachsen, und Herzog
Heinrich von Braunschweig, welche seine Lehre
nicht billigten, und derselben Ausbreitung in ihren
Landen auf alle Weise hinderten, nichts als Feinde
Gottes und des Evangeliums zu erblicken. Ja er
hielt es so gar für Pflicht, sie, wie ehemals die
Propheten die gottlosen Könige Israels, mit Schmähungen zu belegen. Und einige der damaligen
Grossen stunden wol gar in der Meinung, sich dieses gefallen lassen zu müssen, wie denn sein Lan-
desfürst ihn auch damit entschuldigte, daß er sagte: Luther habe von Gott einen besondern Geist
empfangen.

Um so viel mehr entbrannte Luthers Eifer,
als Lemnius sich erfrechte, diesem Bischof eine zu
Wittenberg gedruckte Sammlung von Sinngedich-
ten, nicht nur zu dediciren, sondern noch überdieß
in verschiedenen Gedichten ihn als einen löblichen

und

und vortreflichen Fürſten zu rühmen und zu prei⸗
ſen, das Luther durchaus nicht leiden wolte. Am
meiſten aber machten die dem Carbinal wegen Ver⸗
behaltung der alten katholiſchen Lehre ertheilten
Lobſprüche den ſtärkſten Einfluß auf Luthern. Ich
will daher alle hieher gehörigen Stücke aus Lemnii
Epigrammen auszeichnen; die Luthern ſo ſehr ent⸗
flammt haben mögen.

Nate ducum ſalue ueterum de ſtirpe propago,
    Salue Pieridum ſpes quoque magna Deum,
Cui ſeruare datum cum relligione uetuſta,
    Et ueteres leges, et pia ſacra patrum.
Sit tuus aduentus foelix, ſit et omine fauſto,
    Quod ſtatuis ſummi relligione Dei.

Hanc (pacem) tu conſeruas toties ſine clade
                popelli.
Aſt aliis rubuit ſanguinolenta manus.
Empta tibi pax eſt, aliis ſed uenditur auro,
    Quamuis ſis populo non minor ipſe tuo.

        Illius

Illius et placidi tanta eſt reuerentia uultus,
  Quanta nec Auſonii Caeſaris ulla fuit.
Quanta et Traianus, tanta eſt grauitate probandus
  Illius et probitas, quanta uel huius erat.

Inter Pontifices noſtrorum maxime Praeſul,
  Inter Primates gloria prima uiros.

Stat uetus in templis priſcorum ritus auorum,
  Nec pateris nobis fecula cana mori.
Teutonidumque .tibi renouantur facra priorum,
  Statque tuum ueteri relligione decus.
Simpliciori animo proauos nec deſeris ipſos,
  Et retines plebem relligione tuam.
Antiquis feruatur honos te praeſide templis,
  Sic merito ueterum dictus amator eris.

So ſehr dieſe Lobſprüche den erhitzten Luther
aufbrachten, ſo gewiß iſt es auch, daß die mehre-
ſten Profeſſoren der Academie hierinn nicht das
ſträfliche ſahen, wie er, und ſie wurden auch Lemnium weit gelinder behandelt haben, wenn ſie nicht
                                               der

der ungeſtümme Luther gewiſſermaſſen gezwungen
hätte, ſich wider ihn zu erklären. Man darf hier
dem Lemnius beyſtimmen, wenn er, obwol auch zu
ſehr übertrieben, in ſeiner Apologie p. 50 ſchreibt:
(Lutherus) impulit ſua tyrannide praemunitus
et formidandus Academiam ad publicandum in
me calumnioſum et iniuſtiſſimum decretum.
Academiae uero tam etſi multi Senatores, ma-
ximeque Ph. Mel. uir doctiſſimus et integer-
rimus, in hoc minime conſentirent, metu tamen
iſtius Lutheri, tyrannici Theologi, coacti ſunt,
contra ſuam uoluntatem publicare etc.

Doch findet man weder in den Citationen noch
in der Relegation dieß als eine Urſache angeführt,
daß er den Erzbiſchof Albrecht gelobt habe, wie
es Luther in ſeiner erſten Schrift gethan hat, und
dieß iſt mir ein Beweiß, daß ſie Melanchthon, als
Rektor, geſtellet habe, der ia auch ſonſt als beſtändi-
ger Programmatarius alle öffentliche Anſchläge der
Academie verfertiget hat. Hätte Luther oder Juſtus Jonas, wie Lemnius will, ſolche verfertiget,
ſo würde in denſelben des Erzbiſchofs gewiß in
Unehren gedacht worden ſeyn.

Poeſien

Poeſien und Dedicationen ſind ia ohnedem gröſ-
ſtentheils Schmeicheleyen, und Lemnius mochte blos
die Abſicht haben, durch ſeine Zuſchrift von dieſem
Fürſten, der ein Freund der Gelehrten war, ein
Geſchenk zu erhalten.

Albrecht war auch würklich unter den Fürſten
ſeiner Zeit ein Mäcen und Beförderer der Gelehr-
ſamkeit, wovon Eraſmus und Hutten Beweiſe ſind,
und er verdiente deswegen ungeachtet ſeiner
Schwächen auf Luxus und Liebe doch einige
Nachſicht.

Iſt gleich ienes Lob, das ihm ſein Leibarzt,
Heinrich Stromer, in einem Brief*) an Hutten
ertheilt,

*) Er befindet ſich in Eraſmi Rot. Opuſculis. Pa-
raclefis. Ratio f. Compendium uerae Theo-
logiae. Argumenta in omnes Apoſtolorum Epi-
ſtolas. Lipf. 1519. 8. wo er vor dem Com-
pendio Bogen B. ſtehet. Dieſer Brief an Hutten blieb Herrn Wagenſeil unbekannt, und fehlt
daher in dem von ihm edirten Tomo primo Ope-
rum Hutteni. Dieſer Brief redet von dem zu
Leipzig 1519 gehaltenen berüchtigten Geſpräche.
Da Löſcher Tomo III. ſeiner Reformations = Do-
cumen-

ertheilt, übertrieben, wenn er Princeps omnium
faeculorum.memoria dignus, ex nobiliſſima ue-
tuſtiſſimaque ſtirpe ortus, facundia, potentia,
prudentia, iugenio atque litteris clarus, rara

feli-

cumenten deſſelben nicht gedenket, ſo will ich die
hieher gehörige Stelle daraus beyfügen: Offen-
debam in arce ut longe pulcherrimam, ita maxime feſtiuam et eruditam theologicam con-
certationem. Diſputabatur enim, non tam ui-
ctoriae gloriaeque aucupandae, quam ueritatis
inueſtigandae, ut iactatum fuit, gratia. Quan-
doquidem doctiſſimos diſputatores mea ſententia non latebat, huiusmodi erudita diſpu-
tatione et uicto et uincenti accedere commo-
dum, quod hic glorioſior, ille doctior ex arena abiret. In aula ſplendidiſſima capaciſſima-
que committebantur diſputaturi. Ad hanc ui-
diſſos illuſtres Principes, et Duces, Reu. Ab-
bates, generoſos Comites, ſtrenuos Equites
auratos, ſapientes Theol. Profeſſores, prudentes iurisperitos, expertos medicos, acutos phi-
loſophos, aliosque innumerabiles uiros, gr.
lat.

felicique memoria pollens, religione Numam,
pietate Aeneam, clementia Iul. Caefarem,
liberalitate Lucullum, magnanimitate Augu-
ftum, iuftitia Traianum fuperans, genennet
wirb, fo hat boch auch felbft Melanchthon manches Gute an ihm erkannt und gerühmt, und
kein Bebenken getragen, ihm zwey Schriften zu
bebiciren. Die eine ift: De bello Rhodio Libri
III. Clementi VII. Pont. Max. dedicati, Iacobo
Fon-

lat. et hebr. doctos, agminatim confluere.
Mirum dictu eft, quanto ingenii acumine, quanta facundia, quanta S S. fcripturae doctrina,
Ethnicis neglectis, commiffum fit. Etenim
quanto auditorium, quo non eft aliud maius,
erat fplendidius frequentiusque, eo uifi funt
concitari uehementius difputantium animi,
ac contendere acrius. Agebatur de lib. arbitrio, de primatu fummi Pontificis, de purga-
torio, de contonationibus, quas indulgentias
uocant, de facerdotum ligandi abfoluendique
poteftate, et de aliis id genus rebus abftru-
fis, quae uocari folent in dubium.

Fontano *) Brugenſi autore. Hagan. 1527. 4.
Schon auf dem Titel wird Melanchthons Zuſchrift
alſo angezeigt: Ad Reuerendiſſ. Princ. ac Dom.
D. Albertum S. R. E. Card. Mog. Archiep. etc.
ut deliberet non modo de bello Turcico, ſed
etiam de ſanandis Eccl. diſſenſionibus Ph. Mel.
Exhortatoria Epiſtola. Hierinn ſagt er von bem
Erzbiſchof: Eſt bonitas tua tanta, ut non alius
ex Epiſcopis aequiore animo ſuorum quaere-
las audiat et accipiat — — Nemo ignorat, in
te ſingulare pietatis ſtudium éſſe, tibique ma-
ximae curae publicam pacem eſſe, et omnium
earum gentium ſalutem, quibus praepoſitus es,
omnes confidunt.

Die andere Schrift iſt ſein Commenta-
rius in ep. Pauli ad Romanos, Vit. 1532. 8.

In

*) Blaufuß im zweiten Band ſeiner Beyträge zur
Kenntnis ſeltner Bücher S. 233. und Freytag in
Analect. litter. p. 344. reden von der erſten ſeltenen Ausgabe zu Rom 1524 in Folio, und andern
wiederholten Auflagen, aber dieſe eben ſo ſeltene Me-
lanchthoniſche blieb ihnen unbekannt.

In dieſer Zuſchrift, die mit der vorigen ähnlichen Inhalts iſt, heiſt es gleich vom Anfang: Cum non ſolum propter ſummam generis tui nobilitatem, ſed etiam propter excellentem ſapientiam tuam, ſtatuerem te ſumma humanitate atque clementia praeditum eſſe, nam et in generoſis naturis uel praecipue ſolet lucere bonitas, et nunquam a uera ſapientia diuelli humanitas poteſt etc.

Dieſe Dedication nahm auch der Erzbiſchof ſehr gnädig auf, und überſchickte dem Melanchthon dafür ein beträchtliches Geſchenk, welches ich aus einem Brief deſſelben an Herzheimer *) erſehe,

*) in Manlii farrago Epp. Mel. p. 182. Quanquam libellum non miſi hoc conſilio, ut flagitarem ἀντιδωρον, tamen hoc nomine praecipue mihi gratum eſt Principis munus, quod inde coniecturam facio, neque eum hoſtili aduerſus me animo eſſe, neque ei ualde inſcriptionem, aut illam meam in praefatione commemorationem, in qua ſtudium pacis in eo praedico, diſplicuiſſe. — — Nullius iudicium malim

ersehe, dem er aufträgt, dem Churfürsten in seinem
Namen zu danken. Es scheint, daß Melanchthon
dem Luther von diesem erhaltenen Geschenk mit
gutem Bedacht nichts gesagt habe, denn sonst würde er die falsche Nachricht nicht haben schreiben
können, daß der Cardinal diesen Commentarium
mit Füssen getretten und dabey heftig geflucht
habe. *)

Ueberhaupt mag es Luthern nicht ganz recht.
gewesen seyn, daß Melanchthon dem Erzbischof
Bücher dedicirte, und nicht, wie er, in seinen
Schriften Haß und Feindschaft gegen ihn äusserte.

Auch mochte Luther damit nicht ganz zufrieden
seyn, daß Melanchthon seine geliebte Tochter, Anna,

malim subire, quam tui Principis, cuius prudentia in omni genere perspecta est uniuersa
Germaniae.

*) Im zweiten Bande von Schützens ungedruckten
Briefen Luthers S. 352. Discipulus meus Hallensis commentarios Philippi in ep. ad Rom.
sibi nuncupatos pedibus conculcauit cum dira
increpatione: Er hat S. Velten am Halse, et
multa alia mala.

E

na, im vierzehnten Jahr ihres Alters, dem Be-
rühmten Poeten Sabinus, zur Frau gegeben, der
damals in Dienſten des Erzbiſchofs ſtund. Wie
viel dieſer bey ihm galt, davon mag bieß ein Beweis ſeyn, daß ſelbiger auf die den 6 November
1536 zu Wittenberg vollzogene Hochzeit ſogar ſeinen Kanzler, D. Türk, nebſt ſeinem Leibarzt, Phi-
lipp Bucheimer, und ſeinem Kammerpräſidenten
Johann Jordan in ſeinem Namen abſchickte. Sa-
bin ſagt uns dieß in ſeinen zu Leipzig 1578. in 8.
ebirten Gedichten p. 83 ꝛc.

Ad mea Legatos miſit connubia Princeps,
  Nobile qui Mogi nomen ab urbe gerit.
Quique uetuſta potens Sueuorum regna gubernat,
  Ampla dedit ſponſae Marchio dona meae.

Miſſus ab Alberto legatus praeſule Turcus
  Pars erit hic pompae, ſpero, decusque meae.

Alle dieſe Perſonen waren zugleich vertraute
Freunde Melanchthons, gegen die aber Luther,
wie gegen ihren Herrn, bey allen Gelegenheiten
ſeinen Haß und Feindſchaft äuſſerte, und es daher
ſehr ungern ſahe, daß Melanchthon mit ihnen Umgang

gang pflegte unb fie lobte. Am meiſten ſchmerzte
es ihn daher, daß er in Lemnii Epigrammen alle
dieſe Leute gelobt ſehen muſte. Ullenberg in uita
Melanchthonis hat daher nicht unrecht, wenn er
p. 148 ſchreibt: Augebat indignationem, quod
Mel. ad alienum arbitrium odio proſequi nol-
let, et infeEtari conuitiis eundem Archiepiſco-
pum, quem Lutherus furibundo ſimilis morda-
cibus ſpurciſſimisque libellis et foediſſimis ſar-
caſmis ſcurriliter exagitabat, quod faEtum Me-
lanchtboni uehementer diſplicuit. ——— Hunc
Principem Lutherus ſibi propoſuerat odio capi-
tali proſequendum et conculcandum ; nec ferre
quenquam potuit, qui uel de eo loqueretur ho-
neſte uel uirtutes ipſius praedicaret. Tam a-
trox erat, tamque uirulentum odium, quod
non ipſe tantum fouebat in animo, ſed et in alios
quoque paEto transfundere conabatur.

Dieß nemliche verſichert ſelbſt Camerar im Leben Melanchthons p. 179. ·Haec omnia aliis
quibusdam criminibus cumulabantur, quorum
erat caput, quod non arbitrio alieno (nemlich
Luthers)

Luthers) certos quosdam homines (nemlich) den
Erzbischof Albrecht und seine Räthe) odisset, et
aspergeret conuitiis, uel etiam a suis (seinem
Tochtermann, Sabinus) ornari pateretur.

Bey dieser grossen Verschiedenheit der Gesin-
nungen Luthers und Melanchthons gegen den Cardinal Albrecht getraue ich mir faft zu behaubten,
daß Melanchthon, der in den in diesen Epigrammen
dem Erzbischof ertheilten Lobsprüchen das sträfliche,
wie Luther, nicht sehen konnte, und auch die übrigen
Sinngedichte, die auf gewisse Personen zielen sol-
ten, für nicht so beleidigend, wie er, hielte, den
Druck der Epigrammen Lemnii gewust und erlaubt
habe.

Ich weiß zwar wol, daß Melanchthon selbst,
und andere vorgeben, Lemnius habe solche ohne
Vorwissen und Censur des Rektors, und verstohl-
ner Weise, edirt, und Sabinus habe den Buchdrucker mit Lügen hintergangen. So schreibt wenigstens Melanchthon *) selbst an den Churfürsten von
Sachsen vom 10 Julius: „Er habe nichts mit
Vorsatz hierin mishandelt. Lemnius lohne ihm seine

---

*) Siehe Seckendorfs Hist. des Lutherthum S. 1704.

ne Gutthaten, die er ihm erzeiget, mit schnödem
Undank, wie er ihn denn an zweyen Orten*) seiner Verse übel mitgenommen. Das Buch desselben habe ihm der Drucker gebracht, da es bereits
fertig gewesen. Als er nun im Durchblättern gesehen, wie einige Privatpersonen übel darin ange-
tastet wären, habe er dem Autori alsbald den
Hausarrest angekündiget, und sey in dem gewesen,
ihn zu relegiren. Indem er aber des folgenden
Tags weiter in dem Buch gelesen und gefunden,
wie schimpflich er den Churfürsten und Landgrafen
darinnen tractirt, habe er ihn wollen einstecken
lassen, er sey aber schon durchgegangen gewesen,
und nachdem er ietzo auf beschehene Citation nicht
erschienen, wolle er ihn auf ewig cum infamia relegiren. Er kennet darauf und bittet ab, daß er
unrecht gethan, indem er das Buch nicht gleich
durchgelesen, und also die S. Ch. Gn. nachtheili-

gen

*) Diese kann ich nirgends vorfinden. Es müste denn
folgendes kurze Epigramm gemeint seyn, das auf
einen Prediger zielen mag:
In Macrochitonem.
Narratur belle nuper dixisse Melanthon:
Ingenium manicis omne latere tuis.

E 3

gen und schimpflichen Paſſagen nicht gefunden habe;
bittet auch ihm nicht zuzurechnen, was ſein Eidam
(Sabinus) ſoll gethan haben, indem er dem Drucker ermahnet, das Buch zu drucken, und gelogen,
Melanchthon habe es gebilliget, er müſſe ohnedem
viel Verdruß von ihm ausſtehen.″

Vermuthlich aber hat Melanchthon als ein
Freund des Friedens, dieß Schreiben nothgedrungen — vielleicht wol gar vom Luther ſelbſt ihm dic-
tirt — an ſeinen Fürſten ergehen laſſen müſſen.
Er kannte die Hitze Luthers aus langer Erfahrung
nur allzuwol. Ihm, der ietzt ſo äuſſerſt aufgebracht
war, zu widerſprechen, oder die wahren Umſtände
zu ſagen, war durchaus nicht rathſam. Um
ſeiner Feindſchaft zu entgehen, und ſeinen bren-
nenden Zorn nicht empfinden zu dürfen handelte er
klüglich, daß er ſich verſtellete, und vorgab, daß
dieſe Gedichte ohne ſein Wiſſen gedruckt worden ſeyen.

Dieß war die δ̔ελοτης, worüber Melanchthon in ſeinen Briefen an vertraute Freunde
öfters klagt. z. E. in einem Brief an Veit Dietrich vom 6 October 1538. Tom. Lugd. Epp. p.
454. Qualis fuerit, cum adeſſes, δ̔ελοτης, me-
miniſti,

ministi, et tamen hunc (Lutherum) nunc multo
esse factum duriorem. Ideoque ego hanc
ἐχεμυθιαν pythagoricam certo consilio aliquan-
diu praestiti, ne praeberem occasionem tu-
multibus.

Auf der vorhergehenden Seite berichtet Melanchthon die neue mit einem dritten Buch ver-
mehrte Ausgabe der Epigrammen, und setzt hinzu:
Optarim initio dissimulatam fuisse iniuriam, nec
hominem furiosum irritatum.

Da Melanchthon den Lemnius gelinder behandelt wissen wolte, und sich merken ließ, daß man in
seiner Verurtheilung ohne gegründete Ursachen zu
weit gegangen, und viel zu scharf mit ihm verfahren sey, so muste er deswegen sehr viele Krän-
kungen erdulden. Der Verdacht wurde immer
stärker, daß er von der Ausgabe der Gedichte
gewußt, sie vorher gelesen, und ihm durchgehol-
fen habe. Hiedurch wurde der gute Mann so ver-
drüßlich gemacht, daß er sogar den Entschluß
faßte, Wittenberg gänzlich zu verlassen; und er
würde auch selbigen vollzogen haben, wenn ihn
nicht das Rektorat, das er eben damals führte,
davon abgehalten hätte. In den Briefen an Came-

E 4   rar

rar p. 307 ſchreibt er: Niſi fuiſſem hac aeſtate in magiſtratu, plane diſceſſiſſem, nunc in publico munere, ne tanquam ex ſtatione fugerem difficillimo tempore, multas habui publicas cauſſas. Itaque ut Medici dicunt, multos magnos morbos curari quiete et abſtinentia, ita et ego patientia mea aliorum iracundiam utcunque placaſſa uideor. Cauſſa nulla fuit, niſi quod euaſerat Lemnius, qui quidem in me inprimis fuit maledicus, cum multis meis officiis uſus ſit. Aula ſuſpicatur a quodam meo propinquo adiutum eſſe, qui ſe purgat mihi, ſed illis non ſatisfacit.

Libro IV. Epp. p. 66. an Veit Dietrich: Ego ex aula expecto aliquam procellam, quam Deus mitiget. Fortaſſis excutient me, ſed quicquid erit, ſcribam, ubi ſciero.

Auch Camerarius im Leben Melanchthons hält dafür, daß man nicht Urſache gehabt, ſo viele Schärfe gegen Lemnius zu gebrauchen, da ſeine Epigrammen ſo gar beleidigend eben nicht geweſen wären. Pag. 178. In Epigrammatibus quod

puta-

putarentur effe, quibus fama aliquorum laede-
retur, irritati praecipui quidam cenfuerunt au-
torem comprehendendum. Sed is fuga falutem
quaefiuit. Tunc igitûr rurfum facti inuidia in
Philippum detorqueri. Aliqui ab ipfo admo-
nitum, aliqui ope neceffariorum Philippi adiutum euafiffe aiebant. — — *Sane illa, de
quibus tumultuatum adeo fuit, epigrammata
ad nullius manifcftam contumeliam, uel certe
atrocem iniuriam incorrupte et fimpliciter iu-
dicantibus uifa funt pertinere. Et quae no-
tabantur, ea carebant tam fcelerum quam fla-
gitiorum turpitudine.*)*

Noch ein Beweiß, daß Melanchthon die Epigrammen vor dem Druck gelefen, und Lemnius folche nicht ohne Vorwiffen deffelben ebirt haben mö-
ge,

*) Diefes ift von der erften Ausgabe der Epigrammen,
die aus 2 Büchern befteht, zu verftehen. Die andere Ausgabe, die drey Bücher hat, ift auf keine
Weife zu entfchuldigen. Von vielen find beede Ausgaben verwechfelt worden, weil fie folche nicht vor
Augen hatten.

E 5

74

ge, dünkt mich) die Zubringlichkeit Lemnii zu seyn, womit er den Melanchthon von diesem Verdacht, der damals fast allgemein gewesen seyn muß, zu befreyen sucht.

Er war nicht nur schon in seiner Apologie, hin und wieder, sein Apologet, sondern er sucht ihn auch von diesem Vorwurf wiederholt zu retten in dritten Buch seiner Epigrammen, wo ein eignes Gedicht Bogen H 5 befindlich ist, mit der Aufschrift:

Pro Phil. Melanthone.

Sic me fronte legat Princeps Martine serena,
  Sic oculis uideat carmina nostra suis,
Vt non est scripti mihi carminis ipse Melanthon
  Conscius, et nullum carmine crimen habet,
Nostraque iudicium non sensit charta Philippi,
  Musa Melanthonias nec tulit ista manus.
Adde, quod est maius, nostrum nec uiderat ante,
  Quam sparsum tota carmen in urbe fuit.
Quicquid id est igitur, nostrum est hoc iure potentis
  Per genium famae, Castalidumque gregem.

Iuro

Iuro per innocuos rapuit quos flamma libellos,

Iuro per Aoniae nobile numen aquae,

Ille nec ut fugerem monuit, nec iuſſit abire.

Quod fugi, fateor, munus id eſſe Dei.

Quid prodeſt uobis iniuria tanta, Melanthon

Si fertur triſti publicus ore reus.

O ingens dedecus coecaeque inſania mentis!

Quam male contemnit nec decus Albis amat.

Vnus ad Albiacas Muſas qui detinet undas,

Cuius et ingenio Teutonis ora tumet.

Tam male traĉtatis, tam falſi criminis illum

Dicitis eſſe reum, nec pudet iſta loqui.

Tollitis immenſo radiantia lumina mundo,

Arctous male fert ſydera tanta polus.

Flebitis at demum ſublato lumine coeci,

Non bene tam nigros lux decet iſta uiros.

In Melanchthons Briefen an Camerarius p.
308 finde ich ſogar eine Stelle, wo er bekennet,
daß er dem Lemnius, zur Verfertigung eines gewiſſen Gedichts in ſeinen Epigrammen den Stof
dazu angewieſen habe. Id quod eſt belliſſimum
in Lemnianis epigrammatibus de Iunone Argi-

ua,

ua, forte ante annum ei monſtraui in Pauſania.
Scis enim me talibus allegoriis deleĉtari.
Und dieß benußte Lemnius zu etwas, wodurch Luther äufferſt aufgebracht werden muſte. Ich finde
nemlich Bogen B 1 b. ein Epigramm mit der Aufſchrift: *de Cuculo Iunonis Corinthiae,* deſſen Anfang dieſer iſt:

    Vrbs eſt Argiuis procul hinc notiſſima
              terris etc.

Gegen das Ende aber heiſt es:

Illa tenens ſceptrum media dominatur in aula,
    Arbitrio leges ponit et illa ſuo.
Illa ceu cuculus pendet de fronde maritus,
    Imperat et ſtulto pulchra marita uiro.
Vt trahit unda ratem, mollem trahit illa ma-
              ritum,
    Nauta regit naues, arte marita uiros.

    Hierauf kommt eines *de ſtatua Iunonis,*
dann *infra in ſtatua,* wovon der Anfang:
Sum regina poli ſum magni nupta Iunonis — —
Dextra tenet ſceptrum, ſceptrum gerit ipſa
              marita,
    Et gaudet leges impoſuiſſe uiro.

                              Poſt

Poſt Statuam.

Sum cuculus dominae ſceptro ſuper ipſe ma-
ritae,

Me mouet in ſceptro quolibet ipſa ſuo.

Me ſibi me cuculum ſibi me facit eſſe maritum,

Sum cuculus dominae ſtultus et ipſe meae.

Cernito, quid faciat coniunx formoſa marito,

Sic cuculos magnos quae facit eſſe uiros.

Diſceſſurus eram ridens, cum forte uiderem

Inferius ſcriptum quod breue carmen erat.

Inferius poſt ſtatuam.

Sed tamen hoc nimium lector ridere caueto,

In tacito ride, ſi ſapis, ipſe ſinu.

Ne tibi per tunicas infigat roſtra lacertis,

Qui ſedet hic cuculus, ſed bene cautus eris.

Quamuis ſit cuculus dominae, tamen ille uideri
Vult ſapiens, domina nec minor eſſe ſua.

Da auſſer Melanchthon auch beſſen Tochtermann, Sabinus, ins Gedränge kam, und viele
glaubten, daß er Antheil an dieſen Gedichten habe,
und ihm zur Flucht behülflich geweſen ſey, ſo ſucht
er auch dieſen im folgenden Epigramm von dieſem
Verdacht zu befreyen.

Pr

Pro *G. Sabino Poeta.*

Accidit Albiaca docto fcelus urbe Sabino,
  Confcius en fertur carminis effe mei.
O fcelus, o dedecus, feclique infamia noftri!
  Quis furor in tantos impulit ire uiros?
Quae rabies iftos facras armauit in artes?
  Haec fuga iam uobis nil nifi crimen erit.
Hunc ego nec uerfus noftris feciffe libellis,
  Nec fua carminibus carmina iuncta meis,
Teftor Permeffum, teftor quoque Phocidos
                                  amnes,
  Teftor Pierias, Aufoniasque Deus.
Teftor ego Thyrfos, et bacchia ferta corymbis.
  Teftor Caftalium Paegafeumque iugum.
Celfa Lycaonii iuro per faxa Lycaei,
  Perque nemus facrum, Thefpiadumque
                                  chorum.
At uos, o montes, uos o Parnafides undae,
  Tuque o non tonfas pulcher Apollo comas.
Vos precor Albiaca pulfos regione poetas,
  Ad folitas rurfus fufcipiatis aquas.

                                    Has

Has lachrymas uoueo, uos haec mea uota precantis

Tam pia non uana perficiatis ope.

Nullus arenosum carmen moduletur ad Albim,

Quaeque frequens fuerat, desinat esse cohors,

Quodque prius fuerant cernantur moenia pagi,

Et fluat obscura caerulus Albis aqua.

. Ein britter für mitschulbig gehaltener, sein
vertrautester Freund, Haus und Tischgenoß, wird
also vertheibigt.

Pro I. Stigelio.

Tu quoque Pieridum cultor facunde sororum

Dictus es ingenii pars studiosa mei.

Scilicet hoc in te fuerat, quod crimen habebant.

O mendax Albis quo fugit ore pudor!

An poteras adeo sacros odisse poetas,

Vt mihi cum multis iuncta querela foret?

Aufus es aonios uatum damnare liquores.

Aufus es Aoniam deseruisse lyram.

Ipse tuas etiam si nescis iuro per undas,

Per nemoris iuro sacra rubeta tui,

Stigelium nullum hoc fecisse in carmine uersum.

Vnus enim est, totum qui dedit author opus.

Stige-

Stigelium nulla librorum parte fuiffe,

Quae legitis, digitis facta fuere meis.

Teftor amicitias, et ius commune duorum

Teftantur ftudii confcia tecta mei.

Diefe zu vertheidigen, verfprach Lemnius in feiner Apologie p. 67 und er hielt auch fein Wort: Omnes illos excufaui, quos me in illis fcriben- dis libellis me iuuiffe infimularunt. Omnes enim Poetas ea de caufa in iudicium uocarunt, tanquam iftius carminis participes fuiffent. Phil. quoque Mel. diu maximis moleftiis fufpectum habuerunt.

Doch es ift Zeit, daß ich wieder auf die Ge= fchichte Lemnii zurückkehre, und von feiner wegen der ihm drohenden groffen Gefahr, die ihm feine. Epigrammen zugezogen, unternommenen Flucht ei= nige Nachricht gebe.

Sehr glücklich ift er durch Hülfe feiner Freun= de aus Wittenberg entflohen, wie er in feiner Que- rela davon fchreibt:

Vix bene lux fuerat, nec dum ceciniffe uolucres

Couftabat, rofeum furgimus ant² diem.

Tempus

Tempus erat, pecudes quo pastor ab urbe uo-
cabat,

Et fuerat dempta porta reclusa sera.

Effugimus fraudes, sedesque relinquimus illas,

In quibus inftabant aspera fata mihi.

In seiner Apologie p. 52 aber gibt er diese Beschreibung: Capto cum amicis confilio prima lu-
ce non ruftica uefte (und vielleicht war es doch
gegründet!) sed mea indutus, et gladio accinctus,
portas sum egreffus : et quamuis omnia time-
rem, tamen non omnino desperans, etfi solus
effem, diuino quodam numine infidias euafi.

Von Wittenberg aus nahm er seinen Weg in
die benachbarte Mark. Zuerst kam er in das Städt-
chen Zahna, und wolte bey dem dafigen Evangeli-
schen Prediger einkehren, wohin ihm seine Freunde,
Geld, Briefe, und einige Exemplare von seinen
Epigrammen zu schicken versprachen. Allein dieser
hatte bereits von dem Vorgang in Wittenberg
Nachricht, und an ftatt ihn liebreich aufzunehmen,
wies er ihn mit Ungeftümm ab. Er begab sich
daher in den Gafthof, und wartete dafelbft zween
Tage auf Geld und Briefe. Da aber nichts kam,

F   so

so schickte er einen Boten nach Wittenberg an seine Freunde, und befahl ihm, die Antwort an ihn
nach Jüterbock zu bringen. Obgleich dieser Ort
dem Erzbischof zu Mayntz und Magdeburg zuge-
hörte,*) so hatte doch Lemnius in dem dasigen
Gasthof kaum seinen Durst gestillet, als er hörte,
daß von dem Rath und dem Commendanten von
Wittenberg Briefe an den Rath daselbst gekommen
wären, ihn aufzuheben, und gefangen nach Wittenberg zurück zu bringen. Er faßte daher alsogleich
den Entschluß, Jüterbock zu verlassen, und bey dem
Abt in Zinna, das nicht weit davon lag, seine Zu-
flucht zu suchen.

Allein auch dieser, der sonst sein Gönner war,
auf den er in seinen Epigrammen verschiedene Lob-
gedichte verfertigt hatte, und von dem er ganz gewiß eine gute Aufnahme und Verehrung zu erhalten hofte, wies ihn ab, und hätte ihn bald verrathen und in die Hände seiner Verfolger geliefert.

Zur Wiedervergeltung hat aber auch Lemnius
alle auf diesem Abt in der ersten Ausgabe seiner
Epigrammen vorkommenden Gedichte abgeändert,
und in der zwoten Ausgabe, im dritten Buche, sei-

nen

*) Nachher kam er an das Churhaus Sachsen.

nen Groll gegen ihn durch folgendes Sinngedicht geäuſſert, das ich hier ganz abdrucken laſſe.

In Cinnam,

Cum ſis Cinna tuis rebus ſub Principe noſtro,
  Et des illius colla premenda iugo.
Dic cur Saxonicas ſequeris tam mobiles auras,
  Et plus quam Domino, perfide Cinna, faues?
Nunquid conatus fueras me perdere, nempe
  Tu me capturus, ſi licuiſſet, eras.
Perfidiam potius ſoluàs, poenamque daturus
  Erres per ſtygios flebilis umbra lacus.
Praeda tuis canibus fias, et in aethere crines
  Triſtibus infoelix irriget imber aquis.
Et paſcas citius crudeles in cruce coruos,
  Quam tu me tradas hoſtibus ipſe meis.
Perfidus es, noſtri metuis nec Principis iram,
  Et fidei poteras immemor eſſe tuae.
Arca referta auro tibi mittebatur ad Albim,
  Cum peteret mecum turba diſerta domum.
Impia cum populis alienis foedera iungis
  Falſus, et a Domino deficis ipſe tuo,

Per-

Perfidiae exemplum pendentem noscere posses.

Non curas, similis te quoque poena manet.

Von dem Kloster Zinna eilte daher Lemnius mit schnellen Schritten, um aller Gefahr zu entgehen, in die Mark Brandenburg, und kam endlich nach zween Tagen im Kloster Lehnin an, das nicht weit von der Stadt Brandenburg lag. Die unerträgliche Hitze der Sonne, und der sandigte Weg mattete den Poeten sehr ab, und er spricht daher von dieser höchst beschwerlichen Reise:

Ardet agris Phoebus, tenues torrentur aristae.

Non secus ac campis nil nisi flamma foret.

Nusquam sunt patulae, quae dent umbracula
    frondes,

Arida per siccum feruet arena solum.

Nullus adest usquam flueret qui riuulus unda,

Feruida currentis contrahit ora sitis.

Nec mora defessus propero per prata, per arua,

Quaque eo uisa mihi forma sequentis erat.

Si quando lassus iacui sub lumine Phoebi,

Vespae sectantis murmura uocis habent.

Attonitus surgo, saeuos rapiorque per aestus,

Non ita difficilis cursus Vlyssis erat.

Nec

Nec Menelaus aquis tam magnos pertulit aeſtus,

Nec fuga moeſta tibi tam tua Naſo fuit.

Von der Mark wendete ſich Lemnius in die Gegend des Rheins, und durchwanderte viele Städ=te, worunter er Worms und Frankfurt am Mayn nennet. Ohne allen Zweifel machte er auch dem Churfürſten zu Maynz ſeine Aufwartung, für den er ſich durch Lobſprüche aufgeopfert hat, und hofte, bey ihm ſein Glück zu machen. Allein er gedenket in ſeinen Schriften nirgends einer mit ihm gepfflo=genen Unterredung, und ich vermuthe hieraus, viel=leicht nicht ganz ohne Grund, daß Lemnius bey dieſem Herrn nicht gefunden, was er geſucht. Höchſtens mag er dem dürftigen Poeten eine Ver=ehrung an Geld gereicht, und ihn wieder haben laufen laſſen, das auch das klügſte war.

Dieß mag auch Lemnium bewogen haben, Deutſch land, das wegen ſeiner Schmähungen über Luthern aufgebracht war, gänzlich zu verlaſſen, und in die Schweiz zurück zu gehen. Vielleicht ſtund er auch, das ſehr wahrſcheinlich iſt, einige Zeit als Corrector in der Buchdruckerey Johann Oporins in Baſel, bis er in ſeinem Vaterland Beförderung erhielt.

Und

Und diese ward ihm 1539 oder 1540 zu Chur, der Haubtstadt in Graubündten, zu Theil. Hier wurde im Jahr 1539 das eingezogene Dominika= nerkloster in ein Gymnasium verwandelt, und die Einkünfte desselben wurden zur Unterhaltung der Schule, und den Salarien der daselbst angestellten Lehrer angewendet. Der erste Lehrer war Johann Pontisella von Zürch, der bis 1574 die lateinische und griechische Sprache mit vielem Beyfall da= selbst gelehrt. Diesem wurde Lemnius als Gehül= fe zugegeben, das aber iener nicht gern sahe. Petr. Dominic. Rosius de Porta *) in Historia reformationis Ecclesiarum Raeticarum, (Curiae Raetorum, 1771. 4.) Tomo primo p. 195. gibt hievon folgende Nachricht: Pontisellae licet inuito collaborator datus fuit Simon Lemnius Emporicus, Monasteriensis Oengadinus, Poeta Laureatus, uir alias doctissimus, qui Wittebergae ad Lutheri et Melanchthonis pedes Musis lita-

---

*) Diesem Gelehrten habe ich allein diese bisher ganz unbekannten Lebensumstände Lemnii zu verdanken. Im zweyten Buch p. 239 spricht er von seinem Tode.

litauerat, fed uit*e* minus probatae, et calami
uirulenti. Relegatus ille fuerat paullo antea ab
Academia Wittebergica ob editos anno 1538
Epigrammatum libros duos Alberto Archiep. et
Elect. Moguntino dedicatos, fed obfcoenitati-
bus et contumeliis pleniffimos, ea propterque
ftatione carebat. Verum in ea fidelium opera-
riorum raritate uel qualescunque retinendi
erant, dummodo litteris inftructi et ad docen-
dum apti. Caeterum Lemnius fpartam fuam ad
uitae usque finem non fine laude exornauit.

Wie fehr fich Pontifella bemühet habe, Lemnium wegzudrängen, zeigt ein Brief von ihm an
Bullinger (loc. cit. p. 197.) wo er fchreibt:
Hoc fignificatum tibi uolo, ludum litterarium
noftrum tanto puerorum numero effe obrutum,
ut his docendis erudiendisque duo foli fufficere
nequeant. Vereor autem, ne Lemnium, quem
et prius adtentauerant, mihi obtrudere uelint,
fi collaboratorem depofcam. Te itaque rogatum
uellem, quo hac de re Confuli noftro aliquid
fcribere digneris. Idque fi fiat, non eft, quod

am-

amplius mihi metuam, eos mihi Lemnio, homi-
ne impuro, moleftos futuros. Autoritatem
tuam uenerabuntur.

Allein Lemnius erhielt doch diefe Stelle mit
einem jährlichen Gehalt von 50 Goldgulden, und
erklärte die Commentarios Iulii Caefaris. Dieß
berichtet Comander in einem Brief*) an Vadian
mit diefen Umftänden: — — tertius quidam ex
noftratibus Poeta admodum doctus ftipendio
quinquaginta aureorum conductus' eft — —
Poeta ille Commentarios Caefaris interpretari
incepit, uenitque iam pridem ad hunc locum:
Boiosque qui trans Rhenum incoluerant, et in
agrum Noricum transierant, Norejamque op-
pugnarant etc. Norejam Noribergam interpre-
tatus eft. Putant quidam ex auditoribus eum
hallucinatum effe, nec in eo tractu, quem Geo-
graphi Noricum appellant, Norinbergam fitam
effe. Huius itaque difcretionem a te Geogra-
pho peritiffimo flagito atque obfecro.

Lemnius

*) Siehe Goldafti Rer. Alaman. Tom. II. p. 115.
der Senckenbergifchen Ausgabe.

Lemnius war in seinem Amt unverdroſſen, und
verrichtete ſeine Lehrgeſchäfte mit dem gröſten Beyfall und zum Wolgefallen ſeiner Obern bis zu ſeinem Tod.

Durch ſeine lateiniſche Dichtergabe (es iſt doch
bemerkenswerth, daß alle ſeine Schriften poetiſch,
nur die einzige Apologie in proſa war) wurde ſein
Name überall berühmt.

Auch in dem benachbarten Italien erkannte
Lemnii Verdienſte der berühmte Achilles Bochi,
der zu Bononien eine gelehrte Geſellſchaft unter
dem Namen: Academia Ermatena, errichtete, und
ihn als Mitglied in dieſelbe aufnahm. So ver-
ſtehe ich wenigſtens Lemnii Unterſchrift in der Dedication von Homers Odyſſee: ob ingenium in
nobiliſſimam Bochiorum equitum Bononienſium
in Italia familiam aſcitus, Bononiaeque laureatus.

Nur Schade, daß dieſem Mann kein höheres
Lebensziel geſteckt war. Schon einige Jahre vor
ſeinem Tod wütete die Peſt zu Chur, und drohete
ſeinem Leben. Dieſer Gefahr zu entgehen, flüch-
tete er nach Baſel, und hielt ſich daſelbſt einige
Zeit bey dem Buchdrucker Oporin auf. Er ſelbſt

F 5　　　be-

beſchreibt dieſe Peſt in der zweyten Ecloge, und
ſeine Reiſe in der dritten ſeiner Bucolicorum, ſehr
ſchön. Unter andern ſpricht er:

Vix ſemel exoriens repleuit cornua luna,
Dira morte quater cum uidit funera centum
Curia, bis centum reptauerat ante per urbem.
Heu crudele genus fati, crudelior ardor!
Occiduo quicunque fuit ſub ueſpere ſanus,
Errauitque uiis, hunc triſti aurora feretro
Deferri uidit. — —
Luctus ubique pauorque et denſa cadauera
foſſis etc.

Allein verſchonte gleich dießmal der Tod ſeines
Lebens, ſo muſte er doch im Jahr 1550 eine Beute
deſſelben werden, in welchem eine abermalige Peſt
ſo ſtark wütete, daß in Chur, welche Stadt damals nur 500 Häuſer zählte, vom Monat Junius
bis in den December über 1300 Menſchen an derſelben dahin ſtarben, und auch ihn am 24ſten November der Welt entriß.

Noch in der Stunde, da er ſtarb, und kaum
mehr zu ſitzen, und mit zitternder Hand die Feder
zu halten vermochte, machte er ſich noch ſelbſt folgendes Epitaphium:

Condi-

Conditus hic iaceo praeclarus carmine uates
Lemnius heu pesti praeda petita fui.
Spiritus in nitido uersatur celsus olympo,
Terra leuis busta haec contegit ossa tamen.

Noch gebenket des Poeten Lemnii Bocer
in epithalamio in nuptias Ioh. Schofferi, in Schofferi L. XI. Poematum, Franc. ad Viadr. 1585. 8.
Bogen G 7 b. und Micyllus in einem Epicedio auf
Eoban Heß, das den Briefen deſſelben in Folio
vorgeſetzt iſt, in folgenden Verſen:

Non uirtute tua, docti sed carminis arte
  Vatibus his, Lemni, connumerandus eris.
Ingenio certe magnus foelixque uocari
  Dignus es, in sordes laus tamen ista cadit.
Hoc tua lasciuo fecit petulantia uersu,
  Et nimius spurcae futilitatis amor.
Foelix, Picrius cui fundere monstrat|Apollo
  Carmina materiis non aliena piis.

Nam modo non paucos obscurat fama poetas,
  Musa quibus facilis, uita nefanda fuit.
Quique suis recte cum possent dotibus uti,
  Turpia carminibus praeposuere bonis.
Vt qui ferali furiarum concitus oestro,
  Lemniadum aequauit nomine reque malum.

II.

II.

Nachricht von den fämtlichen Schriften Lemnii.

1.

„Simonis Lemnii Epigrammaton. Libri duo. Vitebergae. 1538. in 8. am Ende: Excufum Vitebergae , per Nicolaum Schirlenz. An. 1538. 8. 5. Bogen.

Dieß ift die erfte Schrift, woburch fich Lemnius bekannt gemacht, aber auch viel unangenehmes fich zugezogen hat. Sie gehörte daher auch mit Recht zu den Libris auctoribus fuis fatalibus, wovon Johann Chriftian Kloß, Super. in Bifchofswerda, eine eigene Abhandlung gefchrieben hat, welche zu Leipz. 1768. 8. wieder vermehrt erfchienen ift. Man fucht aber hierinnen Lemnium vergebens; und eben fo wenig findet man ihn angezeigt in den Abhandlungen, die verfchiedene de Libris combuftis gefchrieben haben.

Das erfte Buch hat 76, das andere 95 Epigrammen, deren einige lang, andere ganz kurz find.

Jedes

Jedes Buch ist dem Cardinal und Erzbischof Albrecht zu Maynz dedicirt. Die Zuschrift des ersten Buchs will ich ganz beyfügen.

Hoc tibi Palladias Princeps exculte per artes,

   Qui legeris ueterės maximus inter auos.

Cuius nobilitas clara uirtute nitefcit,

   Tu licet hac longe clarior effe potes,

Siue Salae praefens peramenis uteris aruis,

   Hinc et opes cernis, cernis et inde tuas,

Seu uos ueftra tenet celebris Moguntia Mufis,

   Maxima qua Rheno praecipitatur aqua;

Seu placet urbs teneris cui nomina nota puellis

   Aetos prifca dedit Partheniumque uocat;

Seu te alibi nitidis Rhenus deleĉtat arenis,

   Siue peregrinis candidus Albis aquis.

Mittimus o foelix Princeps Alberte camenis,

   Sofpite quo placidas effe putamus aquas,

Quas inter recinit facro Permefide Phoebus,

   Quas bibit Aonidum Pieridumque cohors.

Tu modo fi capies ego te legiffe putabo

   Incedamque hilaris credulitate mea.

Gleich

Gleich hierauf folgt ein Vorbericht ad Lectores, ben ich auch beyzufügen für gut finde.

Turpia qui, noftro fperatis fcripta libello
  Quae uobis fpes hic pe&tora fallat, erit.
Ifta uerecundo praemifi carmina uerfu,
  Quae legat Albertus cum libet illa fibi.
Vel legat illa fuis inter conuiuia menfis
  Inter prudentes uel legat illa uiros.
Scilicet ut Domino uolumus liber ifte iocetur,
  Proferat et uerfus ifte pudores fuos.
Nempe quod' huic librum Domino facrauimus
                                iftum.
  Cafta igitur fi quis, qui legit, ifta legat.
Et legat ifta puer caftus caftaeque puella?,
  Nymphaque quae tantum fcripta pudica legit.
Scommata qui cupiet femper uerfusque procaces,
  Et quem de Nymphis falfaque fcripta iuuant,
Lafciuos moneo tantum legat ille libellos,
  Quos ego poft iftos forte daturus ero,

      Der Schluß des erften Buchs ift wieder
                      ad Lectorem.

                                Hende-

Hendecafyllabicos, et cur non fcribis Iambos,

   Verfibus eft iftis pagina nulla tibi?

Sic tu nempe mihi dicis, fed tu mihi dicas,

   Cur tibi non dederit Bilbilis Hexametra?

Das nächſt vorhergehende ad Sabinum läſſet vermuthen, daß ſelbiger Lemnii Gedichte vor bem Druck burchgeſehen habe. Er ſagt nemlich:

Qualicunque uides deducta epigrammata uerfu,

   Adfero iudicio nempe legenda tuo.

Quaeque precor fuerint noftris uitiofa libellis,

   Appofita emendes docte Sabine manu.

Das zweite Buch fängt wieber mit einer Zuſchrift an ben Erzbiſchof an:

Parue facros Domini liber ingreffure penates

   Si potes haec modico carmina tinge fale.

Non licet obfcenas Domino tibi ferre tabellas,

   Non licet obfcenis fcripta dediffe iocis etc. etc.

Und das letzte Epigramm iſt ad Henricum Abbatem Zinenſem gerichtet, nach welchem ein einziges erratum alſo angezeigt wirb:

   C. 2. facie 2. uer. 3. lege, quam femper nolle uolebam.

Zur nähern Kenntnis will ich ein vollständiges Verzeichnis von den Aufschriften sämtlicher Epigrammen in den zwey Büchern geben. Die mit einem Sternchen * bezeichneten habe ich ihrer Merkwürdigkeit wegen in dieser Nachricht abdrucken laſſen. Zugleich bemerke ich die wenigen Veränderungen, die in der zwoten Ausgabe in den 2 Büchern vorgenommen worden ſind.

In dem erſten Buch ſind folgende Aufſchriften:

*Ad Albertum Elect. Mogunt.

*Ad Lectores.

Ad Chriſtophorum Turcum, Cancell. Alberti.

Ad G. Sabinum Poetam.

Ad Principem Albertum.

de Paſcate.

Ad Henricum Abbatem Zinnenſem, *)

Ad

---

*) Dieß Epigramm lautet in der erſten Ausgabe alſo:

Abbas magnarum fama non ultime rerum,
    Abbas caſtaliis ſpes modo nota uiris.
Turpia dum recitas inimici furta miniſtri,
    Et facis ad tepidos uerba diſerta focos.
Nobiscumque agitas poſitis conuiuia menſis,
    Suſtinuit lautos ſplendida menſae dapes.

Et

Ad

Et tibi tot piſces dederant tua ſtagna per arua,

    Quae refluunt pratis more perennis aquae.

Ionio tumidus quot mittit ab aequore fluctus,

    Quotque dabant tunc cum ſtagna Neronis erant.

In der zweiten Ausgabe erhielt es die Auffſchrift: In Cinnam, und wurde, weil ihn dieſer Abt auf ſeiner Flucht bald verrathen, und an die Wittenberger ausgeliefert hätte, alſo abgeändert.

Turpi perfidiae fama non ultime Cinna,

    Cinna Meduſeo res odioſa iugo.

Triſtia dum recitas inimici furta miniſtri,

    Et facis ad tepidos uerba cruenta focos.

Nobiscumque ſedes meditatus uulnera ſeruo,

    Suſtinuit nullas ſordida menſa dapes.

Et tibi tot piſces dederant tua ſtagna per arua,

    Quae refluunt pratis more perennis aquae,

Ionio tumidus quot mittit ab aequore fluctus,

    Quotque dabant tum, cum ſtagna Neronis erant.

G   Scire

*Infra

Scire cupis, quid fit, multis in rebus auarus
    Viuis, et in medio flumine pofcis aquas.
Sic fitit in fluctu, fic poma fugacia captat
    Tantalus, hoc animo Tantalus alter eris.

*Infra in ſtatua.

*Poſt ſtatuam.

*Inferius poſt ſtatuam.

Ad amorem.

De Moguntia.

Ad Princ. Albertum.

Ad G. Sabinum.

Ad Carduelem.

De Piſce in calice.

Ad A. A.

*In Aerem.

De Stifelio.

Ad Lucretiam.

Ad Rhenum.

In Theobaldum Damerum.

In Picrogamum.

Ad Galatheam.

In Superbum.

De Portia.

Ad Seſtam.

Occaſio.

In ambitionem.

De Baiis.

Ad Berſabeam.

De Piſce.

*De obitu V. Anemoetii.

Ad Princ. Albertum.

De nuptiis Dominici Gaudentis.

In Amatorem.

De Henrico Abbate Zinenſi.*)

In Ariſtotelicum.

De Fiſtulatore.

In Hoſpitem oenipolitanum.

In Pſeudologum.

Ad Stigelium.

In Oenipolitanum.

In Quintum Amatorem.

Ad Zoilum.

Ad

---

*) Statt dieſer Aufſchrift ſteht in der zweiten Ausgabe:
De arguto Dentone. In der erſten iſt der Anfang:
Venit ad Abbatem Zinenſem ruſticus orans etc.
in der zweiten : Venit ad argutum Dentonem
ruſticus orans etc.

In

In Nigellam.

De Fringilla.

*Ad Chryſeida.

Ad Siſium.

Ad G. Sabinum.

Ad Princ. Albertum.

Ad Chriſtoph. a Carlbiz.

Ad malum Poetam.

*Ad Tyrolſum Lypſenſem.

De Manno.

De Servo ſuo.

Ad Fabullam.

De Lutio.

Ad Mannum.

In Stephanothetim.

In Pemylam.

Ad Princ. Albertum.

In Mylum.

Ad Sciurum.

In Mannum.

In Macrolſum.

De τυϱολβω Sclauo.

Ad

*A*d Tyrolbum Sclauum.

*A*d Phedilum.

*A*d Princ. *A*lbertum.

*A*d Vinſum.

In Siuertem.

De Leone Bauariae Ducis.

*A*d Lectores.

De Cauſidico.

*A*d Oenophilum.

*A*d Princ. *A*lbertum.

*A*d Hieronymum ab Hirnheym.

*In *A*n. C.

*A*d *A*. *A*.

*A*d Gladiatorem.

In Ciperum ſuperbum.

*A*d Princ. *A*lbertum.

De Sylua Napaea.

*In Rabuiam.

In Lentinum.

In Theobaldum.

In *A*erem.

In Graeculum.

Ad

Ad Princ. *A*lbertum.

Ad Hieronymum ab Hirnheym.

De difceſſu *A*emylii et C. Pannonii.

In *A*ntinoum.

Ad Marcellum.

Ad Stigelium.

**Ad Empedoclem.

**Ad *A*rgyrologum.

De Morione.

De Marſino Sclauo.

Ad *A*mcnum.

In Sebaſtianum Lu.

In Tapenum.

In Ichtyophorum.

De imagine Princ. *A*lberti.

In *A*uarum.

De Baſſo.

Ad Pollam.

Ad Praſſinum.

Ad Theobaldum.

Ad *A*. Chry.

**Ad *A*n. Gl.

*In

*In Carpoph.

*In Trafonem (Thrafonem.)

De Aulico.

Ad Lectorem.

Ad An. N.

Ad An. fuam.

Ad Princ. Albertum.

De Natali Sabini.

Ad Affenburgiam arcem Princ. Alberti.

Ad Princ. Albertum.

Ad D. Kukkerum ICtum Princ. Alberti.

Ad I. Stigelium.

Ad Vinfum.

Ad Petrum Elemannum.

Ad I. Brunonem ICtum.

Ad Gregorium Berntum.

Ad Arcturum Phryfium.

Ad Io. Fruticarum.

Ad Henricum Abbatem Zinnenfem. a)

a) Dieß letzte blieb in der zwoten Ausgabe weg. In der erften hieß es:

Maxi-

Maxime Saxonicas Abbas Henrice per oras

   Abbas Albiaci candida fama foli etc.

Jn ber zweiten iſt es ad Principem Albert.
Card. gerid)tet, und lautet ber Anfang alſo:

Maxime Saxonicas Princeps Alberte per oras

   Cui tradunt famulas Rhenus et Albis aquas etc.

Den Sd)luß bes zweiten Buchs in ber zwoten Ausgabe mad)t noch ein Epigramm mit ber Ue-
berſchrift in Scythas', bas nod) hieher geſeßt zu wer-
ben verbient.'

Rem faĉtam noſtrum nltper mihi carmen habebat,

   Et ſparſum fuerat nomen in urbe meum.

Irati currunt Cicones, ſaeuique Tomitae,

   Se queritur laeſum quilibet arte mea.

At non Lemniacus Ciconasque Scythasque li-
                   bellus

   Suſtinet, eſt iſtud pondus inane nimis.

Illos Carpophori potius leuis aula ſenilis

   Suſtineat, pondus ſic feret ille ſuum.

Da von bieſer erſten Ausgabe nur 50 Exemplare verkauft, bie übrigen confiſcirt und bem Feuer
übergeben wurden, ſo iſt es ganz leicht zu begrei-
                           fen,

fen, warum sie so äufferst selten angetroffen wird. Doch eben so rar ist auch die zwote Ausgabe, die wir nun näher beschreiben wollen.

2.

M. Simonis Lemnii Epigrammaton Libri III. Adiecta est quoque eiusdem Querela ad Principem. Anno Domini 1538. 8 9½ Bogen. Am Ende sind noch 4 Errores praecipui, und 3 Errores leues an, gezeigt, und nach denselben steht noch: Datum ex itinere.

So bescheiden sich auch Lemnius nach einiger Meinung in der vorhergehenden Ausgabe seiner Epigrammen bezeigt haben mag, so äufferst unge, zogen verfährt er in dieser mit einem dritten Bu, che vermehrten neuen Auflage.

Gereizt *) durch Luthers ernste Schrift und die erfolgte Relegation, lässet er nun in diesem drit, ten

*) Inuide ne speres eadem me scripta daturum,
Asperiora dabo, non meliora tibi.
Non eadem mens est, mouet hoc iniuria carmen,
Ardorem bilis suggerit ista mihi.

Und

len Buch seine Rache ganz zügellos wider alle
dieienigen aus, von welchen er glaubet beleidiget
worden zu seyn.

Unerhört grob, bitter und kränkend sind vornemlich seine giftigen Ausfälle auf Luthern und
Justus Jonas, welche er für die Haubturheber seiner schimpflichen Verbannung hält. Lügen, Schmähungen und Obscenitäten wechseln hier miteinan-
der ab.

Solte daher iemand die Strafe für die erste
Ausgabe zu hart dünken, so machte ihn diese zwote
einer weit ärgern schuldig.

Camerar im Leben Melanchthons schreibt daher
p. 179. *A*utor elapsus impudentiffime men-
tiendo tam foeda atque impura poftea scripta
emifit, ut neque priorum ueniam dandam ei,

et

Und in seiner Apologie S. 66. schreibt er: Quod
in calumñiatores acrius sum inuectus, idomne iu-
fto dolori ignofci poffet, fuitque cauffa, quot tertium librum meorum epigrammatum iniftos calumniatores infcripferim et publicauerim. Quicquid igitur fcripfi, laceffitus, et iniuria et dolore
iufta compulfus fcripfi.

et quicquid accidiſſet, id lenius, quam nefaria ipſius ueſania mereretur, omnes boni ſtatuerent.

Auch Melanchthon, der ihn wegen der erſten Ausgabe für nicht ſo ſträflich, als Luther, erkannte, fället das nemliche Urtheil bey dem Anblick dieſer vermehrten Ausgabe. Vidiſſe te opinor nouam editionem (ſchreibt er an Veit Dietrich in der Leibner Brieffammlung p. 453.) Epigrammatum Lemnii, quae ſunt aucta plauſtris conuitiorum. Sed cum manifeſtus furor ſit, etiamſi ſtultis praebet uoluptatem, tamen nemo ſanus leget ſine ſtomacho. Optarim initio diſſimulatam fuiſſe iniuriam, nec hominem furioſum irritatum. Aliquid nunc reſpondebimus. Allein dieß letztere iſt nicht geſchehen; wenigſtens iſt mir alles Nachforſchens ungeachtet nichts davon bekannt.

Hingegen ermuntert er Camerarium, etwas wider ihn zu ſchreiben. Contra Lemnium uolo te quoque Elegiam componere, quae non conuitia, ſed honeſtam et grauem obiurgationem contineat. Quaeſo, ut ea in re nobis gratificeris (Mel. Epp. ad Camer. p. 310.)

Came-

Camerarius folgte auch dem billigen Gesuch seines Freundes. Er that dieß im folgenden Buche:*) Elegiae ὁδοιπορικαι Io. Camerarii — — Argent. 1541. 8. In der vierten Elegie ὁδοιπορικη Saxonica ad amicos Witebergenses im Bogen B5 kommt er auf den Handel mit Lemnio, wovon ich nur dieses auszeichnen will:

— — Tuae aerumnae, tua triſtia fata, Philippe,
    Quae tolerare animo diſſimulante potes,
Intellecta mihi ingentes peperere dolores,
    Sollicitosque tua nos habuere uice,
Inter et haec, ne quid tibi parceret, illa periclo
    Si careat, riſu fabula digna fuit.
Fabula ueſani furiis excita Poetae,
    Qui Vulcane tuae nomen habet patriae.

                      Cuius

---

*) Diese kleine Schrift von 23 Blätter in 8. iſt unter den vielen Camerariſchen die allergröſte Seltenheit. Den ganzen weitläuftigen Titel und eine Recenſion gibt Freytag Tomo II. appar. litter. p. 366. und Rieberer im vierten Bande seiner Nachrichten S. 353 ff.

Cuius ad ante duplex rabies fcelus impia
prifcum
Addidit haec aufu tertia facta fuo,
Ne quisquam dubitaret, atrocia Lemnia femper
Et detestandi criminis effe mala.
More tamen fieri nec lege uetante putatur,
Hoc etiam ratio uera probare folet,
Vlcifci externum et'iuftam prorumpere in iram,
Profeffo cum quis laefus ab hofte dolet.
At tu coniunctos tecum infaniffime Lemni
Conuictu ftudiis, conditione, loco,
Quodque nefas dictu, inter quos fruerere fodules
Artibus ingenuis Pieridumque facris,
Atque alios pietas quos obferuare iubebat,
. Teque patres meritis effe putare fuis,
Profcindis cunctos impuro turpiter ore,
Et lacerat fummos impia lingua uiros,
Vipereo ftygiae lingua oblita felle colubrae,
Denteque Perfephones extimulata canis.
Quaeque refoluifti fcurriliter ora fuere
Perculta Eumenidum dira magifterio.

Ergo

Ergo mifer cum nunc Lemni cumque exul ob-
erres,
Suſtinet aduerſis nemo dolere tuis.

Lemnius ſchrieb dieſe Gedichte, da er ſich als
Flüchtling in den Städten am Rhein aufhielt. Dieß
verſichert er in verſchiedenen Stellen ſeiner Gedichte. Z. E.

— Nunc ad Rhenum canimus, non amplius
Albis
Noſtra ſuis mecum carmina terret aquis.
Nec pater Albiacus ſcribentem cernit in herba,
Materiem potius tu mihi Rhene dabis.
Cui non ad flauas naſci licuiſſet arenas.
Ad Rhenum liceat naſcere parue liber.

Allein mir iſt es weit wahrſcheinlicher, daß
er viele derſelben bereits noch in Wittenberg verfertigt, aber ſelbige in ſeine zwey erſten daſelbſt
gedruckten Bücher aufzunehmen Bedenken getragen
habe. Vermuthlich giengen ſchon damals einige
in Abſchrift herum, als er noch in Wittenberg ſtu-
dirte, und vielleicht bekam ſchon damals Luther einige zu Geſichte, woraus ſich ſeine groſſe Hitze um
ſo viel beſſer erklären läſſet, wenn er ſchon vorher
einige

einige der anzüglichſten im dritten Buche geleſen
haben ſolte. Wenigſtens läſſet es ſich kaum denken, daß Lemnius, der in den erſten Monaten nach
ſeiner Flucht nirgend eine bleibende Stätte finden
konnte, in ſo kurzer Zeit ſo viele Epigrammen (es
ſind ihrer 67) verfertiget haben ſollte. Im October 1538 hatte ſchon Melanchthon dieſe zwote
Ausgabe; ſie iſt alſo wahrſcheinlich ſchon im Sep-
tember aus der Preſſe gekommen.

Wo dieſelbe gedruckt ſeyn mag, wird nicht
leicht mit Gewißheit geſagt werden können; wahrſcheinlich aber in Mainz oder in Cöln.

Die Seltenheit iſt eben ſo groß, wie die der
erſten Ausgabe, das unerklärbar bleibt, weil dieſe
nicht das Schickſal der Verbrennung, wie die erſte,
erdulden durfte. Beede Ausgaben beſitzt mein
ſchätzbarer Freund, Herr Schaffer Panzer, dem ich
für die gütige Mittheilung derſelben, ſo wie für viele
andere litterariſche Gefälligkeiten hier öffentlich
den verpflichtetſten Dank erſtatte.

Auch dieß dritte Buch iſt, wie die beiden vorigen, an den Erzbiſchof von Maynz gerichtet. Er
wird in dieſer Zuſchrift als ein Freund und Beförderer des Friedens gerühmt, hingegen die Prote-

H   ſtanti-

ſtantiſchen Fürſten als unruhige und kriegsluſtige
durchgezogen.

Iam dudum totus ſpumaret ſanguine Rhenus,

    Purpureasque daret ſanguinolentus aquas.

Nempe quod inſultent et quaerant femina belli,

    Qui ſemper furiis horrida bella fremunt.

—   —   —   —

Debeat at tua cum toties ſpectacula tellus,

    Pacis et emeritae laurea ſerta tibi.

Quod non inſiliunt hoſtes ſuper alta parentum

    Buſta, nec inuictis ungula ſiſtit equis.

Et quod adhuc fumant aris ſacra templa deorum,

    Nimirum debet plus tamen illa tibi.

Das nächſt darauf folgende Epigramm ad
Lectores zielt auf die Verbrennung der vorigen
Ausgabe:

Qualiter Aſſyrios reparant incendia nidos,

    Vna decem quoties ſaecula uixit auis.

Taliter et noſtros renouauit flamma libellos,

    Quodque mihi rapuit reddidit ignis opus.

Doch ich will auch hier wieder ein Verzeichnis aller Aufſchriften der in dieſem dritten Buche
enthaltenen Epigrammen liefern; und dann ſelbſt
                                       einige

einige der anzüglichſten wider Luthern, Juſtus Jonas und andere abdrucken laſſen.

Die mit einem Sternchen * bezeichneten findet man hier abgedruckt.

Inhalt des dritten Buchs:

H 2   *In

*In Mart. Lutherum.

Epitaphium filii Benedicti Pauli.

In tumulum Erafmi.

De obitu et natali librorum.

*In D. Ionam.

Ad D. Phil. Buchamcrum.

Ad Princ. Albertum.

*In Mart. Lutherum.

*In M. Ioan. Holftenfem.

Ad V. Saletium.

Ad I. Stigelium.

Ad D. Henr. Caduceatorem.

Ad Princ. Albertum.

Ad D. Iacobum Curionem.

*In Ruffum Holftenfem.

De effigie Achatii Brandenburgenfis.

*In M. Lutherum.

In D. Melchiorem Caluum.

Ad D. Barthol. Amantium.

Ad Princ. Albertum.

Ad Chrift. Turcum Cancell. Princ. Alberti.

Ad Albertum Rhenanum.

*In I. Ionam.

Ad

Ad Curionem de laudibus Ph. Buchameri
   Medici.
*In D. Pontanum Rabulam.
Ad D. Anthonium Raforem Medicum.
*In M. Lutherum.
Ad Libellum fuum de laude Achatii Brand.
In D. Benedi&um Paulum.
Ad D. Phil. Buchamerum.
Ad Princ. Albertum.
*In Mart. Lutherum,
Ad Io. Cancell. Princ. Alberti.
*Pro Phil. Melanthorie.
*In Cinnam.
*Jn Mart. Lutherum.
Ad Io. Brunonem Vinarien,
*In D. Ionam,
*Pro G. Sabino Pdeta.
*In Thrafonem.
Ad V. Saletium.
*In M. Lutherum,
*Pro I. Stigelio.
*Ad Ph. Melanthonem.
Ad Chriftoph. a Carlbiz.

H 3   Ad

Ad Princ. Albertum.

Epitaphium Erafmi Roter.

*In M. Lutherum.

Ad Ludouicum Confluentinum.

Ad Lectorem.

Ad Adamum Gallionem.

Ad Lectores.

Zuerſt will ich die auf Luthern verfertigte liefern, deren Anzahl am gröſten iſt, und worin er allen Gift und alle Bitterkeit ausſpeyet.

In Mart. Lutherum.

Albiaci uatis nuper mendacia riſit
    Princeps principibus maximus ortus auis.
Scilicet ut ſpernunt animantia magna catellos,
    Praetereunt lata dum bene tuta uia.
Sic quoque praeteriit conuitia uana loquentem,
    Illum latrantem ceu putet eſſe canem.
Nunc inter menſas diuino nectare fuſus
    Pocula Chironi cum daret ipſe ſuo.
Reſpiciens noſtras pariter Phoebique ſorores,
    Cum quibus et noſter forte libellus erat.

Quis

Quis furor Albiacum uatem fic armat in iftas,
  Gaudent Aonio quae ceciniffe iugo
Vtque nephas doluit formofa Thalia Lutheri,
  · Aufa eft Alberto fic retuliffe fuo.
Pieriis fautor princeps Alberte camenis,
  Si licet hic breuiter dicere pauca uelim.
Saxonicum uatem rabies quod tanta Lutherum
  Egerit, ut fureret ceu feritate canis.
Hoc eft, Albiaca praeconia dixerat urbe,
  Et dederat laudes Lemnius ipfe tuas.
Hinc adeo canis eft furiofo concitus ore,
  Vt peteret morfu quemlibet ille fuo.
Quod fuit arctoa quoque uera loquutus in ora
  Lemnius, hoc illi caufa furoris erat.
Vendicat ifte fibi facra ueraque nempe propheta,
  Et qui uera refert, hunc nequit ille pati.

            *   *   *

Quid me famofo laceras Martine libello,
  Quam poenam clamas non meruiffe queo.
Dic mihi quid feci, nifi quod mihi carmine
                        Princeps
  Suftineat laudes, et legat ille fuas.

        H 4   Poft

Poſt aeris cupidi diſti duo tresue fuere,
　　Et laeſa eſt meretrix carmine ſola meo.
Haec ſunt quae noſtros clamas meruiſſe libellos,
　　Scilicet hoc ſcelus eſt, hoc pia turba facit.

Caeſare damnatus, toto damnatus ab orbe,
　　Scilicet Aonias damnat et iſte Deas.
Vt tu meque measque neci das improbe Muſas,
　　Sic Dis coeleſtes damnat et ipſe Deos.

Qui fueras Monachus tota obſcuriſſimus urbe,
　　Et fueras ſacrae pars ſtudioſa domus.
Nunc monachus monacham duxiſti, nempe pro-
　　　　　　　　phanus
　　Faſtus es, et dominae contionare tuae.
Quod uult illa ſtatim fugitiuo mandat Aſello,
　　Haec eſt infoelix et fugitiua quies.
Inſuper es toto nebulo notiſſimus orbe,
　　Iaſtas inceſtus illicitosque thoros.
Auſus uirgineas impurus ſoluere zonas
　　Polluis inceſtu teque tuosque tuo. J

　　　　　　　　　　　　　　Auſus

Aufus ueftalem lecto temeraffe puellam
   Turpiter inceftu te facis ipfe patrem.

*   *

Me damnas capitis, toto te Celtiber orbe
   Damnat, et es cunctis caufa reperta malis,
Emifi uerfus, res haec capitalis habetur,
   Et tu funeftas concutis ipfe faces.
Quod facis hoc tanta facraque tyrannide fretus,
   Nempe nephas iftic omne licere putas.
At tu me damnas, cunctis de Caefar in oris
   Damnat, et inceftus diceris ipfe reus.
Hinc tibi tam latus mundus nimis arctus habetur,
   Et gelida tantum parte morari iners.
Paruula terra tibi fed non bene tuta colatur,
   Vsque adeo magnum dum patet orbis iter.

*   *

Qui fueras Monachus, nunc es Martine pro-
                   phanus,
   Impius es, nuper relligiofus eras.
Et propter taedas, inconceffosque Hymenaeos,
   Et propter ftuprum, concubitusque facros.

         H 5   Faftidis

Faſtidis omnes toto furioſus in orbe,

   Omne nephas audes, et ſcelus omne licet.

Albiacas urbes, cygneaque regna petiſti,

   Cum fugeres Domini triſtia teɕa tui.

Hic nunc declamas, furiisque Tyrannidos auɕus

   Quemlibet inſontem ſi licet ipſe necas.

Tu damnare potes capitis, tu ſoluere iura,

   Quemlibet infamem reddere nempe potes.

Egregium facinus nuper damnauerat unum,

   Pieria laudes qui dedit arte ducis.

O facinus magnum, ſcelus impietatis imago,

   Quid meruit libris caſta Thalia ſuis.

At tu ueſtali Monachus ſcelerate puellae

   Iungeris, inceſtus et potes eſſe reus.

Audet ſi monacham ſacram rapuiſſe prophanus,

   Dicitur inceſtus turpiter eſſe reus.

Bis reus inceſtus, ſcelerisque extrema nefandus

   Auſus es, o dedecus, o fugitiua lues.

        ●   ✻

Albiacus falſo me damnat crimine Pappa,

   Illius ad damnat Caeſar in orbe ſcelus.

        ●   ✻

                     Naɕus

Nactus es imperium fretusque tyrannide uates
   Pellis, et Aonios fupprimis ipfe lacus.
Non fic Phocaeus rabido furit ore Pyreneus,
   Vidit ut illaefas triftis abire Deas.
Quam tu perfequeris noftras fcelerate camenas,
   Et tua non ullum fuftinet ira modum.
Sed Tartefiaci cum Caefaris arma timebis,
   Inferiorque tibi bella parabit humus.
Dic mihi quid facies contra ibis inutiiis armis,
   Non puto, fed potius bis fugitiuus eris.
At fuga nulla tibi prodeft, capieris in aruis.
   Tunc tibi tunc dices o fugitiua quies.
Ifta mihi requiem iam multis praebuit annis,
   Nunc facit infefta praelia dura manu.
Et tandem fupplex uenies ad Caefaris ora,
   Et tibi cum uenia uita redibit iners.
Barbare num rhetor fies, ludiue magifter,
   Num poteris trifti uerba tonare foro?
Vendere num poteris circum palatia fumos?
   Sed monachus fi phas credere rurfus eris.

Ein

Ein anderes in dyfenteriam Lutheri habe bereits, nebft Luthers Parodie darauf, im erften Bande meiner neuen Beyträge S. 111 abdrucken laſſen.

Von der nemlichen Bitterkeit find die drey auf D. Jonas verfertigte Epigrammen.

I.

Quid laceras noſtros orator inepte libellos
   Quid de ſuggeſto uociferare tuo
Me non Grammaticum, clamas non eſſe latinum,
   At ſum Grammaticus, ſumque latinus ego.
Hoc pariter totam teſtatur fama per urbem,
   Grammaticus probat hoc, ipſe latinus ait.
Tu ſi quid tentas forſan clamare latine,
   O qualis geſtus iſte loquentis erit.
Barbara de tetro ructas mihi uerba palato,
   Ebrius heſternum ceu uomit ipſe merum,
Ac uelut auritus pro roſtris tentet aſellus,
   Segnior inſuetos edere uoce ſonos.
Sic nunc incumbis dicturus corpore toto,
   Nunc iterum ſurgis ceu maleſanus homo.
Brachia nunc iactas manicis pendentibus amplis,
   Verba ſono ueniunt tardius ipſa tibi.

                              Dum-

Dumque tonas longum, uix tandém peƈtoré uocem
Rumpis, et orator uis tamen effe bonus.
Sic bonus orator tardus dicatur afellus
Dum pariter geftus exprimit ille tuos.

2.

Cum, prius ipfe meas laudarìt faepe camcnas,
Dic cur iam placuit parua Thalia minus.
Nimirum quod tu nimium blandire Luthero,
Et nimis ipfe probas, quicquid et ille tibi.
Me non Grammaticum fi tu me nempe fateris,
Et de fuggefto barbara uerba fonas.
Aft ego fi dicam, quod de te dixit Erafmus,
Tunc eris orator, tu fine Grammatica.

3.

Non es Grammaticus mihi tu, tibi dicit Erafmus,
Quod fis orator, fed fine Grammatica.
Qui uero faciet forfitan te pluris Erafmo,
Huic etiam maior Cinna Marone fuit,
Ac fuperat uatem Smirnaeum Cherilus arte
Et Bauius Varo doƈtior effe poteft.

Sic

Sic tu lauderis fane mea carmina Iona

Grammaticis placeant, et fine grammaticis.

Was Lemnius in der erſten Ansgabe nicht ge-
ſtehen wolte, daß er unter Rabula den Kanzler Brück
durchgezogen, das zeigt er nun ſelbſt durch die
Aufſchrift:

In D. Pontanum Rabulam.

Orator nuper qui uellet Rabula dici,

Vix ego credideram, forte repertus erat.

Rabula uult noſtris, ſi neſcis, eſſe libellis,

Et ueluti laeſus faeuit in urbe mihi.

Non poſui nomen, titulum ſed Rabula feci.

Rabula qui uellet dicier, unus erat.

Neſcio qui fiat, fieri quod rabula tantus

Orator cupiat, conſcius ille ſibi eſt.

Cogitat ille, puto, fuerit quod Rabula ſemper,

Et nunc id de ſe carmina noſtra loqui.

Sit licet ille ſibi per me ſit Rabula ſemper.

Non erit Orator, Rabula ſi fuerit.

Ein grobes und zugleich unflätiges Gedicht iſt
es, das er auf den Prof. Oertel gefertiget hat, mit
der Aufſchrift:

In

In Vitum Vinshemium Prof. Vitenbergensem.

Cum nec Pierias studio nec uoce puellas

   Prosequeris, sacros nec bibis ipse lacus,

Sed ueteres tristi declamas uoce latinos

   .Excussus natibus dum tibi puluis inest.

Scripta Titi dum tu rauco clamore fatigas,

   Coniugis amplexus pulcher adulter habet,

Dum semel in toto uix illam amplecteris anno.

   —   ‿   —   —

   —   —   —   —

Ausus es hos turpis leno mihi carpere libros,

   Qui tibi damnati non nocuere tamen.

Emendare meas, quas norat fama camenas

   Ausus eras, famae non memor ipse tuae.

Ausus es et flamma foelices tollere nugas

   Et dare suffragiis impia uerba tuis.

Tu mihi quid nostri dicas meruere libelli,

   Principis an laudes hoc peperere nephas.

Et tibi permittis signes ut arundine chartas,

   Quae mihi Pierios demeruere uiros.

Bis decies mendax nostris uitiosa libellis

   Verba legis, nunquid tu uitiosus eras.

   —   —   —   —

Ein anderes *in M. Ioan. Holſtenſem.*)*

Hunc quem ſaepe uides, inter lectoria ueſtrae
Pallados, et templo ſaepe boare ſacro.
Qui ruffo naſo ſqualet, ruffoque capillo,
Cumque oculis magnis, denteque ſordet inops.

Sordida

---

*) Wegen dieſes Magiſters hatte Melanchthon eini-
gen Verdruß mit der D. Lutherin. Die Urſache
hievon berichtet er dem Jonas in einem Brief T. V.
Epp. p. 34. Audi quid acciderit. Nuper
ἡ δεσποινα (Domina) mecum egit de iuuando
Holſtenio. Ait illum queri, quod tantum no-
ſtrae gentis homines iuuare ſtudeam, et Saxo-
nes arte impediam. Mouit me haec calumnia.
Et cum ipſe dominae ſatis libere reſpondi, tum
Holſtenium obiurgaui, teſtatus ſummam mihi ea
in re fieri iniuriam. Haec leuia ſunt, ſed ſig-
nificationes animorum non ſunt leues, quid-
que cupiant, quid mihi denuncient, ſatis intel-
ligo. Nec nunc primum uideo, quanto in pe-
riculo uerſer, quod etſi ſtudeo mitigare ratione et arte, tamen quantum proficiam, neſcio.
Rectius facerem, ſi me euoluerem.

Sordida cui pendet ceu triſtis barba reorum,
In peƈtus ſtillant quaeque ſubinde cadit.
Poſt ereƈta coma eſt capitis ſed ruſſa putrisque,
Oraque foſſa gerit, tortaque carnificè.
Ac ſemper niueos uolat anſer ut inter oiores,
Inter praeclaros ſic ſedet ille uiros.
Caerea ſed tunica eſt, barbam referente colore,
Cuius latratus obuia turba fugit.
Eſſe putes Cynicum, longa quod ueſte notatur,
Non eſt hic Cynicus, ſed tunicata canis.

Auf eben denſelben, mit der Auffſchrift:
in Ruſſum Holſtenſem.

Barbatus Ruſſus nuper Cicerona legebat,
Et qui ſuſciperent uerba legentis erant.
Dumque legit, barbam mento demulcet et
                                        inquit:
Credite Romani ſic Ciceronis erat.
Defluit at riſu pariter ſtudioſa iuuentus,
Vrbe ſit hic tota fabula nota diu.
Res narrata fuit, Ciceronis barba uocatur.
Nunc etiam Ruſſus nobile nomen habet.

Dieß sind alle grobe und höchst anzügliche Epigrammen in diesem dritten Buche, wodurch Lemnius bey allen rechtschaffenen sich die größte Verachtung zugezogen hat.

Wie er überall den guten Melanchthon mit Lob überhäuft hat, das aber diesem gar nicht lieb war, so that er dieß auch im folgenden Epigramm:

Ad Melanthonem.

Temporibus noſtris clariſſima fama Melanthon,
  Gloria Teutonici lausque decusque ſoli.
Saepe tuas laudes conata eſt dicere Muſa,
  Sed non ingenium ſuſtinet illa tuum.
Deficit illa mihi tanto ſub pondere rerum,
  Exitus in tantis non patet ullus aquis.
Vt minus ipſe queam, placeat tamen iſta uo-
      luntas.
  Non uenit in uerſus copia tanta meos.

Gegen das Ende steht noch die schon auf dem Titel angezeigte Querela ad Principem Albertum E. R. Card. Elect. et Archiep. Mogunt. von 8 Blättern.

Er beschreibt in derselben sein ihm wegen der edirten Epigrammen zu Theil gewordenes trauriges Schickfal, seine Flucht von Wittenberg und die ihm auf derselben aufgeſtoſſenen mannichfaltigen Beſchwerlichkeiten, und ſucht ihn zum Mitleiden gegen ihn zu bewegan.

Ich ſetze hievon den Anfang hieher:

Nec dixiſſe piget tua me praeconia, Princeps,
    Exitus infoelix quamlibet ille fuit

Funera namque meos rapuerant moeſta libellos,
    Cum quibus authori flebile tempus erat.

Hos dum deflemus, triſtes deflemur et ipſi,
    Et nobis eadem pene ruina fuit.

Iamque neci noſtros dederant ſine crimine li-
                bros,
    Et periit ſacris charta cremata rogis.

Proh pudor in ueſtras damnant epigrammata
                laudes,
    Quippe tuos titulos crimina noſtra pu-
                tant — —

Der Schluß aber iſt folgender:

Eiicimur terra, quacunque uidebitur Albis.
    Tam male tot laudes ſuſtinet ille tuas.

Te

Te Mecoenatem nec me dixiſſe pigebit

Vatibus Auguſtus nempe ſecundus eris.

Im dritten Theil des Catalogi Bibliothecae Bunauianae p. 2051 wird angezeigt, daß auch in Deliciis Poetarum Germ. P. II. p. 1035 etc. Epigrammata Lemnii ſtünden. Allein, ob alle, ob viele, oder wenige? kann ich nicht ſagen, da ich dieß Buch nicht zu Geſichte bekommen konnte.

Aus dieſer nähern Anzeige der beeden Ausgaben kann man den ſehr groſſen Unterſchied ihres Innhalts deſto beſſer kennen lernen, den ſo manche überſahen, und ſich daher einbildeten, es ſtünden die ſo äuſſerſt groben und keineswegs zu entſchuldigenden Epigrammen ſchon in der erſten Ausgabe, die ihm die Relegation zuzogen, da ſolche erſt in der zwoten Ausgabe, im dritten Buche, vorkommen.

Noch verdient angemerkt zu werden, daß es kaum zu begreifen iſt, daß die Feinde und Gegner Luthers, die iede Gelegenheit begierigſt ergriefen, ihm wehe zu thun, von dieſen Epigrammen in ihren Schriften gar nichts gedenken; auch nicht einmal Cochläus in ſeinen Actis de uita Lutheri. Nur

ein

ein einzigesmal finde ich des Lemnii von ihm gedacht in seiner Philippica quinta in tres libellos
Ph. Mel. nuper aeditos, 1540. 4. Er führt
einige Beweise de tyrannide Lutheranorum
an, und sagt Bogen B 2 folgendes: Neque M.
Lemnii graue in eum fuit delictum, propter
quod ab uniuerfitate Lutherana profcriptus eft,
et nifi mature effugiffet, capite fuo poenam lui-
turus fuiffet; non fane propter ulla dogmata
diuerfa, fed propter ludicra quaedam in mulier-
culas quasdam Luthero charas ab ipfo edita
Epigrammata.

3.

Apologia Simonis Lemnii Poetae Viteber-
  genfis, contra decretum, quod imperio et tyrannide M. Lutheri et Iufti,
  Ionae Viteberg. Vniuerfitas coacta ini-
  quiffime et mendaciffime euulgauit. Co-
  loniae ap. Io. Gymnicum, in 8. ohne
  Anzeige des Jahrs, vermuthlich aber 1539.

J 3   Diese

Diese Apologie gehört unter die allergrößten Seltenheiten, und ist noch weit seltener als die Epigrammen selbst. Der ältere Schelhorn ist der einzige, der am ersten eine Anzeige hievon im ersten Band seiner Amoenit. hist. litt. ecclef. p. 850 etc. ertheilet hat. Er, dieser grosse Litterator, versichert, daß er sie in keinem Katalogo auch der zahlreichsten Bibliotheken *) ie angetroffen, und daß niemand, der von den Sinngedichzen Lemnii geschrieben, ihrer gedenke

In den neuern Zeiten aber hat Herr Prof. Hausen für gut gefunden, solche im ersten Theil seiner pragmatischen Geschichte der Protestanten in Deutschland S. 1—72 aus einem Exemplar in der Wittenb. Universitätsbibliothek, unter den beygefügten Urkunden, wieder abdrucken zu lassen. Er hat aber einige Stellen, in welchen der Poet die Sprache der Leidenschaft zu stark geredet hatte, weggelassen. Ich wünschte aber, daß er sie ganz und vollständig gegeben hätte. Denn Pasquille schaden dem rechtschaffenen Manne bey unpartheyischen nicht. Und Luther bleibt doch immer groß

*) Sie befand sich aber in der Bünauischen Bibliothek P. II. p. 1388.

groß und ehrwürdig, wenn er gleich auch seine Fehler hatte, die seine Gegner so gern in Laster um-
zubilden suchten.

Daß diese Apologie besonders für Luthern viel
anzügliches enthalte, läßt sich von einem aufge-
brachten Dichter leicht vermuthen. Ich will nur
einige hiehergehörige Stellen auszeichnen. S. 24.
Si se Episcopum Euangelicum et concionato-
rem esse fatetur, cur se ciuilibus negotiis im-
miscet? cur ille agit iudicem et praetorem?
cur tanquam iudex propter ciuilia negotia damnat, quae nihil ad religionem pertinent?

S. 48. Quasi dictator Vitebergae sedet et
imperat. Quicquid et iste dicit, id ratum esse
debet. Nemo recte facit, nemo recte docet,
nemo recte concionatur, nisi iste solus D. Mart.
Luthérus.

S. 49. Summam potestatem in ciuilibus negotiis iste pastor sibi arrogat. Adimit ille Epi-
scopis saecularem potestatem, et ipse tyranni-
dem exercet, et in illustrissimos Principes igno-
miniosa et execrabilia scripta euulgat.

Die

Die Apologie selbst hat drey Theile, in welchen er folgendes zu beweisen sucht. 1) quanta cum laude et honore per longum tempus Vitembergae sit uersatur. 2) quam iniquissimo nonnulli calumniatores propter duos epigrammatum libros eum damnauerint. 3) quam iniustissime cum absentem excluserint.

Herr Prof. Hausen hat vollkommen Recht, wenn er in den Betrachtungen über die Handschriften S. XXVII sagt: Ein beleidigter Poet, der von der Gerechtigkeit seiner Sache, und von den Verleumdungen seiner Mitbürger überzeugt zu seyn glaubt, wird so bald er sich selbst vertheidigt, die Einbildungskraft völlig erhitzen, und seine Talente auffordern, um nur alle Schwachheiten der Feinde den Lesern lebhaft vorstellen zu können. Natürlicher Weise gehet die Wahrheit bey dieser Vorstellung sehr oft verlohren, !und vielleicht ist kein Schriftsteller von seiner eigenen Sache ein so verdächtiger Richter, als ein Poet.

Mir gewährte diese Apologie doch den Vortheil, daß ich manche unbekannte Nachrichten zur Geschichte seines Lebens, zur nähern Beurtheilung
seiner

ſeiner Sinngedichte, und der ihn betroffenen trau-
rigen Schickſale daraus erſehen konnte, welche ohne ſelbige noch immer im gröſten Dunkel liegen
würden. Ich habe mich aber ſorgfältigſt gehütet,
ſeinen einſeitigen Ausſagen allein zu trauen, wenn
ich nicht auch anderswo gültige Belege dazu fand.

4.

Lutii Piſaei Iuuenalis Monachopornoma-
  chia. Datum ex Achaia Olympiade no-
  na. Am Ende ſteht folgendes, das ich ganz
  beyfügen will: L. Piſaei Iuuenalis Mo-
  nachopornomachiae Finis. Paucorum
  exemplarium errores duo librariorum
  incuria commiſſi.

C 3 facie 1 uerſu 13 pro diſpar et lege
  par minus.

Eodem fol. uerſu 22 pro fruſtra, lege
  fruſta.

Dieſe äuſſerſt obſcene und unflätige Schrift erſchien ohne Anzeige des Orts, Druckers und Jahrs

in

in Octav auf drey Bogen, und übertrift an Seltenheit seine Epigrammen weit.

Wenn Mathesius in der eilften Predigt von
Luthers Leben von den Epigrammen Lemnii redet,
so setzt er hinzu: er lies auch hernach eine Risia-
nische und greuliche Lästerschrift, die er den Huren-
krieg nennet, dem heiligen Ehestand und der Kir-
chendiener Ehe, und vielen erbaren Frauen zu Unehren ausgehen.

Durch die Ausgabe dieser Schandschrift er-
füllte Lemnius die Drohung, die er in seiner Apologie mit diesen Worten von sich hören lies:
Quodsi istud decretum et mendacia, quae in me
sparserunt, non reuocauerint, meque iniuste esse
a sese damnatum non fuerint confessi, et mihi
res meas non reddiderint; Lemnius totum He-
liconem et Parnassum in istos calumniatores
commouebit. Et si quid Musae possunt, si
quid unquam in arte poetica didicit, talem Vitebergam est descripturus, qualem antea nunquam alius. Nam ego illam tanquam poeta
suis coloribus depingam. In qua quidem re
me

me tam mirabilem artificem fum praeftaturus, ut omnes aduerfarii mirentur, unde Lemnius tantam omnium rerum et libidinum, quae ibi exercentur, experientiam et cognitionem fit af- fecutus — — — Quicquid in urbe accidit, et quam quisque amet, quae uirum parum dili- gat, et cum aliis commifceat concubitus, deni- que fcortationes et adulteria commemorantur, aut ab illis qui uiderunt, aut ab his, qui ipfi funt experti. — Noui, quae fint domus, con- tra quas ueluti lupanaria mentio facta eft a Lu- thero, noui, quae fint honeftae, quae pauci funt, noui, quae meretrices et uirgines ftupratae, et foeminae fint adulterae. — — iftam ego Vi- tebergam ita defcribam, ita fuis coloribus de- pingam, impofturas et fcortationes, ac ftupra et adulteria, quae non parum multa ifthic commit- tuntur, ita declarabo, ut ifti calumniatores pla- ne fentiant et intelligant, qualem poetam ex- pulerint.

Schon die Zuſchrift an Luthern zeigt das ver- gällte Herz des Poeten:

Ad

Ad Celeberrimum et Famofiſſimum Dominum, Dominum Doctorem Lutherum, facrarum
Ceremoniarum Renouatorem, caufarum foren-
fium Adminiftratorem, Archiepifcopum Viteber-
genfem, et totius Saxoniae Primatem, per Ger-
maniam Prophetam.

Pacis pernities, et caufa Luthere tumultus,

   O et Saxonicae perfide praefes aquae.

Qui regis indoctum fallax fine iure popellum,

   Quique tuo clarum crimine reddis opus.

Saxonicasque tenes urbes, et cogis ad arma.

   Et tibi Leucorium fubiicis ipfe tuum.

Qui uacuos culpa damnas, foluisque nocentes,

   Quique reos falfa iudicis arte premis,

Perfequerisque pios infigni fraude poetas,

   Et qui caftalias pellis ab urbe Deas.

Qui toties captos iugulafti mille colonos,

   Et toties reparas horrida bella manu.

Cuius et aufpiciis fudarunt fanguine foſſae,

   Et rubeos fluctus unda cruenta dedit.

Ac toties patriis arferunt ignibus arces,

   Pertulit et tantum Teutonis ora malum.

Si tibi paulisper cessant conuitia linguae — —

Ein mehreres hievon abzuschreiben, verbietet die Achtung für das Publicum.

Die Einrichtung dieser Schrift ist nach Art einer Komödie, worin, ausser andern, vornemlich Luther, Jonas und Spalatin, mit ihren Frauen, Catta, Elsa und Jutta, redend eingeführt werden.

Gottsched gibt im zweiten Theil seines Vorraths zur Geschichte der deutschen dramatischen Dichtkunst S. 192 ff. mehrere Nachricht hievon, und sein Urtheil ist der Wahrheit angemessen, wenn er sagt, daß diese Schrift so abscheulich und unverschämt abgefaßt sey, daß auch Catull, Martial und die Pringea selbst keusch und züchtig dagegen heissen können. Auch Lessing redet von dieser Schrift im zweiten Theil seiner kleinen Schriften S. 44—52.

Gegen das Ende kommt noch ein Gespräch vor mit der Aufschrift: Schoeneius et Coruus, wovon Gottsched nichts sagt, weil ihm vermuthlich die Geschichte, worauf die Anspielung geht, unbekannt war.

Der Erzbischof und Cardinal Albrecht zu Maynz hatte seinen sonst in großen Gnaden bey

ihm

ihm geſtandenen Rentmeiſter, Johann Schenitz,
wegen beſchulbigter Untreue ohne weiiläuftigen
Proceß aufhängen laſſen. Dieſer Sache nahm ſich
Luther an, und ließ verſchiedene Schriften von gröſ-
ſter Anzüglichkeit gegen den Erzbiſchof drucken,
welche im 19ten Band der Werke Luthers S.
2340 ff. zu leſen ſind.

In dieſem Geſpräch dichtet nun Lemnius, der
Bruder des Erhenkten ſey über deſſen trauriges
Schickſal äuſſerſt beſtürzt geweſen, und Cornus *)
gebe ihm den Rath, ſich an die D. Lutherin zu wen-
den, ihr 100 Goldgulden in die Hand zu drücken,
und ſolche dadurch zu gewinnen, daß ſie ihren
Mann berede, die Vertheidigung des Erhenkten über
ſich zu nehmen.

Leuco-

---

*) Hiemit wird auf Ludwig Rabe, einen Tiſchgenoſſen
Luthers, gezielt, der über Tiſch von dem gehenkten
Schenitz zum Nachtheil des Erzbiſchofs geſprochen
haben ſoll, und dem daher dieſer gedrohet, er wolle
mit ihm davon reden laſſen. Auch hierauf ſchrieb
Luther einen derben Brief an den Erzbiſchof, der bey
Walch l. c. S. 2340 ſtehet.

Leucorii dabit hoc uxor regina Lutheri.

Aureolos centum fi potes ipfe dato.

Munera fi dederis, fuadebit nempe Luthero,

Placatur donis fcilicet illa datis.

Hac tibi fi fuerit defenfor in arte Lutherus,

Rem factam poteris tutus habere tibi.

Ipfe tibi inueniet diuerfa fophismata libris.

Crimina defendet qualiacunque tibi.

Da Luther nicht gleich die Vertheidigung des
Schenitz übernehmen wollte, so suchte ihm seine
Räthe die Bedenklichkeiten dadurch zu nehmen, daß
sie sagte:

Tu tamen es Caefar, tu rex, et pappa Luthere,

Arbiter & fancti diceris effe thori.

Cimicis eft faccus Caefar tibi, pappa prophanus,

Et tibi contemptum rex quoque nomen
habet.

Infuper in uarios latros regesque ducesque.

Te timet omnis humus, te timet omnis aqua.

Te quoque coelicolae metuunt, et tartara
flammis.

Contemnis ftygium nec minus ipfe Iouem.

Ergo

Ergo cum tuâ fit cóelo terraque poteſtas,
  Ecquid et hos fures exonerare potes?

Dieſe Vorſtellung wůrkte, daß Luther ſich ba-
ju entſchloß.

Hoc fit grande licet, quia nil tibi Catta negare
Forte decet, lites exequar ipſe tamen.

Hierůber vergnůgt ruft ſie aus:

Spargite fronde domos, fures celebrate La-
                uernam,
  Et celebres iterum uos reparate choros.
Res eſt uicta mihi, componitur arte libellus.
  Diluitur furti crimen onusquè tui
Dedecus hoc tegitur, nec habet ſuâ crimina
                furtum,
  Flagitium rurſus coepit et eſſe decus.
Eſſet furatus quoque iam ſi millia centum
  Tam graue non ullum crimen haberet onus.

Den Schluß dieſes boshaften Geſprächs macht
enblich Schoeneius mit dieſen Worten:

                            Semper.

Semper honos nomenque tuum regina ma-
nebit,

Dum potes et fures demeruiſſe, Vale.

5.

M. Simonis Lemnii Elegia in commenda-
tionem Homeri de bello Troiano. Anno Domini 1539. in 8. 1 Bogen.

Iſt omnibus graecae linguae Candidatis ge-
wibmet. Der Anfang:

Euerſas Priami ſedes et Pergama Troiae
Et ſſimul hic noſces fortis Achillis opem.

Der Schluß aber lautet alſo:

Quisquis es ergo meos qui faſtidire labores
Diceris, in pugnas te precor ipſe ueni.

6.

Simonis Lemnii Poetae Amorum Libri
IIII. Anno 1542. 8. 36 Blätter, ober
4 Bogen.

Göße im erſten Band der Merkwürdigkeiten der Bibliothek zu Dreßden S. 286 ſagt hievon: Man kann Lemnio den Ruhm eines geſchickten Poeten nicht abſprechen. Nur ſind dieſe Elegien etwas zu frey geſchrieben.

7.

Bucolicorum Aeglogae quinque Simonis Lemnii Emporici Rheti Cani. Baſil. per Io. Oporinum, ohne Anzeige des Jahrs, in 8. 4¼ Bogen.

Auf der Nebenſeite des Titels ſtehet: M. Henr. Pantaleonis in metricum modulamen Sim. Lemnii Mercatorii Muſici maximi memorabile melos. Dieſe kurze Elegie von 10 Diſtichis iſt ein damals gewöhnliches Spielwerk, worinn ſich alle Worte mit dem Buchſtaben M anfangen. Z. E.

Multum mortales miſeri magnalia mundi
   Mirantur, Mammon Mars mala mille mouent etc.

Die

Die Dedication richtete Lemnius an Maurus Museus und Johann Jacob Castilion, französische Gesandten in der Schweitz und in Graubünoten. Der Eklogen sind fünfe. Die erste hat-den Namen Parnassus, worinn Gelehrte in der Schweitz und im Graubündterlande gerühmt werden. Die zwente hat die Ueberschrift Cyrrheus, worinn eine erschröckliche Pest beschrieben wird, die in Graubünoten, und besonders in der Stadt Chur, heftig gewütet, und Lemnium genöthigt hat, sein Vaterland zu verlassen, und nach Basel zu gehen. Die dritte wird überschrieben: Hodoeporicon, worinn die der Pest wegen gemachte Reise beschrieben wird. Die vierte Ekloge heist Daphnis, und die fünfte Hercules Gallicus, die beede das Lob Königs Francisci I. in Frankreich enthalten. Ein wahrscheinlicher Beweis, daß diese Gedichte noch vor dem Tod dieses Königs, der 1547 erfolgt ist, gedruckt seyn mögen.

Am Ende ist noch auf drey Seiten beygefügt Lemnii elegia de laude Chalcographiae an Johann Oporin, der die mehresten seiner Schriften verlegt hat, und bey welchem vielleicht Lemnius vor seiner Beförderung als Corrector gestanden haben mag.

In

In Riederers Nachrichten, Band IV. S. 344 ꝛc.
findet man eine Recension.

8.

Odyſſeac Homeri Libri XXIIII. .nuper a
Simone Lemnio — .heroico latino carmine faĉti, et a mendis quibusdam priorum translationum repurgati. Acceſſit
Batrachomyomachia Homeri, ab eodem
ſecundum graecum hexametro latinita-
te donata. Cum Caeſ. Maj. et Gallo-
rum Regis gratia et priuilegio ad quin-
quennium. *Baſileae.* Am Ende: Baſileae,
ex off. Io. Oporini, 1549. m. Sept. in
8. von 692 Seiten, ohne 2¼ Bogen Dedicationen, die gleichfalls in Verſen, und
deren dreye ſind.

Die erſte iſt an König Heinrich II in Frankreich, 1¼ Bogen ſtark, und enthält die glorreichen
Thaten der Könige in Frankreich. Die zweite iſt
an

an Io. Iac. a Caſtilon, Franzöſiſchen Geſandten in
Graubündten, und die dritte an den Connetable
Anna von Montmorency, wo die oben ſchon angezeigte Unterſchrift Lemnii ſteht: ob ingenium in
nobiliſſimam Bochiorum equitum Bononienſium
in Italia familiam aſcitus, Bononiaeque laureatus.

Nach dieſem folgen drey elogia auf Lemnium.

Das erſte von Wolfg. Saliceto Curienſi lautet alſo:

Ereptum terris quem quondam credidit orbis,
Prodiit in lucem ſoſpes, tenebrisque receſſit.
Qui latuit, claretque iterum pia fama ſororum
Lemnius Aonidum, defenſus numine coeli:
Vt decus aeternum Rhetaeis alpibus olim
Creſceret, atque ſolo patrio foret ardua fama,
Et patriae dulci ſupereſſet gloria muſis.

Das zweite von Samſon Oliuerius a Salicibus.

Pegaſides poſtquam coluerunt culmina noſtra,
Germani talem uix habuere uirum.

K 3   Cre-

Crede mihi, hunc celebrat Germanica terra
poetam,

Est etiam tota clarus in Hesperia.

Ecce sua fama obstupuit nunc Graecia tellus,

Obstupuit fama Gallia nunc celebri.

Hoc, ego dispeream, fuerit si clarior alter,

Vix alius certe clarior esse potest.

Graecia se quondam magno iactarat Homero:

Quo se nunc iactet Rhetica tellus, habet.

Transtulit hic magnum, ut lector tu cernis, Ho-
merum,

Scilicet in Latium, qui modo Graecus erat.

Ein iedes Buch von dieser poetischen Uebersetzung hat einen Inhalt voran, und Marginalien sehr häufig, mit öfterer Anzeige der Stellen, welche Virgil in seiner Aeneis, oder Ovid in seinen Metamorphosen entlehnt oder nachgeahmt haben.

Zur Probe will ich den Anfang des ersten Buchs hieher setzen:

Dic mihi Musa uirum, qui postquam Pergama
Troiae

Celsa

Celfa facrae euertit, populatus moenia flammis,

Claffe diu raptus, uariisque erroribus aßtus :

Qui mores hominum multorum uidit et urbes:

Multa quoque et ponto paffus, tot adire labores

Compulfus fuerat, triftes fub corde dolores

Dum premit, atque fuam defendit puppe falutem,

Eripiens animam, fociosque per aequora
ueßtos:

Et patriae reditus quaerit fub gurgite uafto,

Pellax, et uario ingenio praeclarus et armis
etc. etc,

Göße im zweiten Bande feiner Merkwürdigf.
der Dreßdner Bibliothek führt S. 125. eine zweite
Ausgabe von diefer Odyffee an, gedruckt Parifiis,
apud Mart. Iuuenem, 1581. 8. pagg. 699.

Von diefen folgenden Schriften, die mir nicht
zu Geficchte gekommen, kann ich keine nähere Nachricht geben.

K 4   1) Epifodia

1) Epifodia de Ioachimo Marchione Brandeburgenfi et eius coniuge, impreſſa anno 1531.

Dieſe Schrift wird in Joſias Simlers Epitome Bibliothecae Conr. Geſneri (Tigur. 1555. fol.) p. 166. unter den Schriften Lemnii angeführt. Allein ſowol das beygefügte Jahr 1531, da Lemnius noch nicht Academicus war, als der Gegenſtand, Joachim von Brandenburg, den er, ein Graubündter, in dieſem Gedicht behandelt haben ſoll, macht mich ſehr zweifelhaft, ob man dieſe Schrift dem Lemnius mit Recht zuſchreiben könne. Noch mehr Grund aber, ſie ihm faſt ganz abzuſprechen, gibt mir Iſr. Spachii nomenclator ſcriptorum — usque ad a. 1597. (Argent. 1598. 8.) wo p. 136 ſteht: Simonis Koferlini Epifodia de Ioachimo March. Brand. et eius coniuge. 31. Gleich unmittelbar darauf wird eine andere mir unbekannte Schrift des Lemnii mit dieſer Aufſchrift ohne Druckort und Jahr angezeigt:

2) Simo-

2) Simonis Lemnii Carmen gratulatorium ad Ioannem Frifium ob reditum ex Italia.

Dies ist ohne Zweifel ein kleines Gedicht, dergleichen er mehrere noch während seines Aufenthalts in Wittenberg edirt haben mag, wie er selbst in seiner Apologie p. 66. sagt: graeca et latina carmina publicaui. Solche kleine Piecen aber, von einem, auch wol einem halben Bogen, machen sich in unsern Tagen ganz unsichtbar.

3) Sim. Lemnii Academia Gallica, MS. extabat ap. Oporinum.

Diese Schrift wird in Spachii Nomenclatore p. 647. angeführt.

4) Simonis Lemnii Ethica, siue de uirtutibus moralibus libri IV.

Auch

Auch diefe Schrift wird vom Simler. l. c. p.
166 angezeigt mit dem Beyfaß:l nondum excufi
carmine fcripti, extant apud Oporinum. Ich halte
aber dafür, daß diefe Ethica doch würklich im Druck,
aber fpäter, als Simler feine Bibliothek edirte,
gekommen fey. Denn ich finde fie in dem Cata-
logo der von Oporin gedruckten Bücher, welcher
der feltenen Rede Andr. Iocifci de ortu, uita et
obitu Io. Oporini, Argent. 1569. 8. beygefügt ift,
alfo angezeigt: Simonis Lemnii Moralis Philofo-
phiae libri V. metro defcriptae. Und zunächft
hierauf folgen:

5) Pythagorae carmina aurea.

Ob diefe befonders im Druck erfchienen, oder
vielleicht nur der Ethica deffelben beygefügt find,
kann ich nicht fagen.

6) Dionyfius de fitu orbis, uerfibus he-
roicis, liber excufus Venetiis a. 1543.

Diefe

Dieſe poetiſche Ueberſetzung Lemnii findet ſich
bey Simler l. c. angezeigt, wovon ich aber keine
nähere Beſchreibung geben kann.

7) Libri IX de bello Sueuico ab Helue-
tiis et Rhaetiis aduerſus Maximilianum
Caeſarem 1499 geſto, rhythmis.

Dieſe ganz unbekannte Schrift wird in Petr.
Dom. Roſii de Porta Hiſt. reform. eccleſ. Raeticarum T. I. L. II. p. 239 angeführt, wo er zugleich
von Lemnio dieß Urtheil fällt: Erat poeta ſane
uena feliciſſimus, ſi mente perinde ſanum et
cordatum etiam ſe geſſiſſet. Extant ingenii eius
documenta haud ſane leuia nec exigua, et inter
ea Libri IX de bello ſueuico etc. rythmis po-
litiſſimis exaſciati; transtulit quoque Home-
rum et Dionyſii Periegeſin, aliaque non pauca
luſit.

lufit, licet inter illa quaedam parum pudica,
certe non fatis fobria mente fcripta :· ob cuius
commatis laborem olim Vitebergae Melanchtho-
ne Rectore eiectus fuerat, et contumeliofus,
quem ediderat libellus flammis adiudicatus.

www.ingramcontent.com/pod-product-compliance
Lightning Source LLC
Chambersburg PA
CBHW021121020726
47500CB00003B/859

* 9 7 8 3 7 4 3 6 4 0 0 1 6 *